生活本来简单

梁实秋 —— 作品

北京时代华文书局

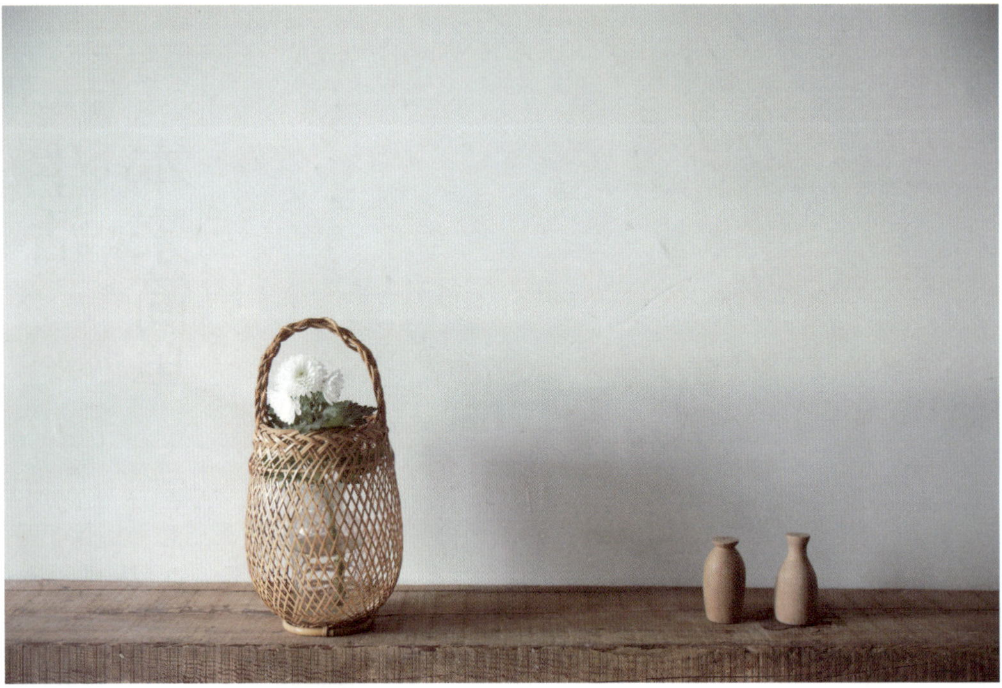

梁实秋先生的话

人类最高理想应该是人人能有闲暇，于必须的工作之余还能有闲暇去做人，有闲暇去做人的工作，去享受人的生活。我们应该希望人人都能属于"有闲阶级"。有闲阶级如能普及于全人类，那便不复是罪恶。人在有闲的时候才最像是一个人。手脚相当闲，头脑才能相当地忙起来。我们并不向往六朝人那样萧然若神仙的样子，我们却企盼人人都能有闲去发展他的智慧与才能。

人生的路途，多少年来就这样地践踏出来了，人人都循着这路途走，你说它是蔷薇之路也好，你说它是荆棘之路也好，反正你得乖乖地把它走完。

我看世间一切有情，是有一个新陈代谢的法则，是有遗传嬗递的迹象，人恐怕也不是例外，长江后浪推前浪，一代新人换旧人，如是而已。人世间的声音太多了，虫啾、蛙鸣、蝉噪、鸟啭、风吹落叶、雨打芭蕉，这一切自然的声音都是可以容忍的，唯独从人的喉咙里发出来的音波和人手操作的机械发出来的声响，往往令人不耐。

有时候，只要把心胸敞开，快乐也会逼人而来。这个世界，这个人生，有其丑恶的一面，也有其光明的一面。良辰美景，赏心乐事，随处皆是。智者乐水，仁者乐山。雨有雨的趣，晴有晴的妙，小鸟跳跃啄食，猫狗饱食酣睡，哪一样不令人看了觉得快乐？

醒来听见鸟啭，一天都是快活的。走到街上，看见草上的露珠还没有干，砖缝里被蚯蚓倒出一堆一堆的沙土，男的女的担着新鲜肥美的菜蔬走进城来，马路上有戴草帽的老朽的女清道夫，还有无数的青年男女穿着熨平的布衣精神抖擞地携带着"便当"骑着脚踏车去上班——这时候我衷心充满了喜悦！这是一个活的世界，这是一个人的世界，这是生活！

寂寞是一种清福。我在小小的书斋里，焚起一炉香，袅袅的一缕烟线笔直地上升，一直戳到顶棚，好像屋里的空气是绝对的静止，我的呼吸都没有搅动出一点儿波澜似的。在这寂寞中我意识到了我自己的存在——片刻的孤立的存在。

我所谓的寂寞，是随缘偶得，无须强求，一霎间的妙悟也不嫌短，失掉了也不必怅惘。但凡我有一刻寂寞时，我要好好的享受它。

人的身与心应该都保持清洁，而且并行不悖。

旧的东西之可留恋的地方固然很多，人生之应该日新又新的地方亦复不少。

退休不一定要远离尘嚣，遁迹山林，也无须隐藏人海，杜门谢客——一个人真正地退休之后，门前自然车马稀。

四十开始生活，不算晚，问题在"生活"二字如何诠释。中年的妙趣，在于相当地认识人生，认识自己，从而做自己所能做的事，享受自己所能享受的生活。科班的童伶宜于唱全本的大武戏，中年的演员才能担得起大出的轴子戏，只因他到中年才能真懂得戏的内容。

真正理想的伴侣是不易得的，客厅里的好朋友不见得即是旅行的好伴侣，理想的伴侣须具备许多条件，不能太脏，也不能有洁癖，不能如泥塑木雕，如死鱼之不张嘴，也不能终日喋喋不休，整夜鼾声不已，不能油头滑脑，也不能蠢头呆脑，要有说有笑，有动有静，静时能一声不响地陪着你看行云，听夜雨，动时能在草地上打滚像一条活鱼！这样的伴侣哪里去找？

常听人说烦恼即菩提，我们凡人遇到烦恼只是深感烦恼，不见菩提。快乐是在心里，不假外求，求即往往不得，转为烦恼。所谓快乐幸福乃是解除痛苦之谓。没有苦痛便是幸福。再进一步看，没有苦痛在先，便没有幸福在后。

好的习惯千头万绪，"勿以善小而不为"。习惯养成之后，便毫无勉强，临事心平气和，顺理成章。充满良好习惯的生活，才是合于"自然"的生活。

人不读书，则所为何事，大概是身陷于世网尘劳，困厄于名缰利锁，五烧六蔽，苦恼烦心，自然面目可憎，焉能语言有味？

一个人在学问上果能感觉到趣味，有时真会像是着了魔一般，真能废寝忘食，真能不知老之将至，苦苦钻研，锲而不舍，在学问上焉能不有收获？

我常幻想着"风雨故人来"的境界，在风飒飒雨霏霏的时候，心情枯寂百无聊赖，忽然有客款扉，把握言欢，莫逆于心。

我不愿送人，亦不愿人送我，对于自己真正舍不得离开的人，离别的那一刹那像是开刀，凡是开刀的场合照例是应该先用麻醉剂，使病人在迷蒙中度过那场痛苦，所以离别的苦痛最好避免。一个朋友说："你走，我不送你，你来，不论多大风多大雨，我要去接你。"我最赏识那种心情。

目 录

梁实秋先生的话

PART 01

生活
本来
简单

002　北平年景
　　　过年须要在家乡里才有味道

006　东安市场
　　　许多好吃好玩的事物徒留在记忆里

012　北平的零食小贩
　　　北平小贩的吆喝声给市声平添不少情趣

019　平山堂记
　　　住过平山堂之后，才知道天下之大无奇不有

026　忆青岛
　　　久居之地，缥缈之乡

036　听戏听戏，不是看戏
　　　一两段韵味十足的歌唱，便使人如醉如迷

040　放风筝
　　　放风筝是一件颇有情趣的事

044　台北家居
　　　台北是一个住家的好地方

049　双城记
　　　台北与西雅图，一点浅显的感受或观察

001

PART 02

一草一木，

一虫一鱼，

皆是生活

066　与动物为友
　　　付出一片爱，便是收获，便是满足

069　白猫王子
　　　如果你拥有一只你所宠爱的猫，你就会觉得满足

081　黑猫公主
　　　黑猫公主的个性相当泼辣也相当灵活

085　猫的故事
　　　伟大的母爱实在无以复加

088　一只野猫
　　　世间没有平等可言

091　鸟
　　　世界上的生物，没有比鸟更俊俏的

094　树
　　　树也有生老病死，也算是"有情"

097　群芳小记
　　　菁清喜欢和我共同赏花

113　骆驼
　　　任重而道远的家伙

116　狗
　　　养狗的目的就是要它看家护院

119　动物园
　　　动物是我们的客，要善待它们

126	酱菜	北平的酱菜，妙在不太咸，同时又不太甜
128	烧鸭	鸭一定要肥，肥才嫩
130	酸梅汤与糖葫芦	北平不分阶级人人都能享受的事
133	满汉细点	北平饽饽铺的点心
136	核桃酪	母亲做的核桃酪舍不得一口咽下去
138	汤包	吃汤包的乐趣，大部分在那一抓一吸之间

PART 03
至味在人间，日日有小暖

140	铁锅蛋	吃铁锅蛋，必配美国奶酪
142	水晶虾饼	白如凝脂，温如软玉，入口松而脆
144	芙蓉鸡片	美食者不必是饕餮客
146	由熊掌说起	烹调得法，日常食物均可令人满足
149	读《媛珊食谱》	食谱，一定要有用又有趣
152	《饮膳正要》	专门讲究饮食的最早的一部书
156	读《中国吃》	北平的吃食，怎么说也说不完
165	再谈《中国吃》	我们要虚心地多方研究
171	读《烹调原理》	看张先生的书，令人生出联想太多了

PART 04
其实这也是生活

178	养成好习惯	
	充满良好习惯的生活，才是合于自然的生活	
180	饭前祈祷	
	我要为那些为大家供应食物的人祈福	
183	房东与房客	
	房东与房客，关系永远是紧张的	
187	搬家	
	每次搬家必定割舍许多平素不肯抛弃的东西	
191	圆桌与筷子	
	团聚吃饭，圆桌为宜，筷子是我们的一大发明	
194	厨房	
	谁说男人可以不入厨房	
198	窗外	
	是雅是俗，是闹是静，只好随缘	
202	市容	
	市容里面有生活	
206	沙发	
	沙发是很令人舒适的	
209	戒烟	
	戒烟的第一步是不买烟，第二步才是不吸烟	
212	教育你的父母	
	子女也负有教育父母的义务	
215	谈话的艺术	
	人与人相处，本来易生摩擦，谈话时也要保持距离	
219	骂人的艺术	
	骂人是一种高深的学问	

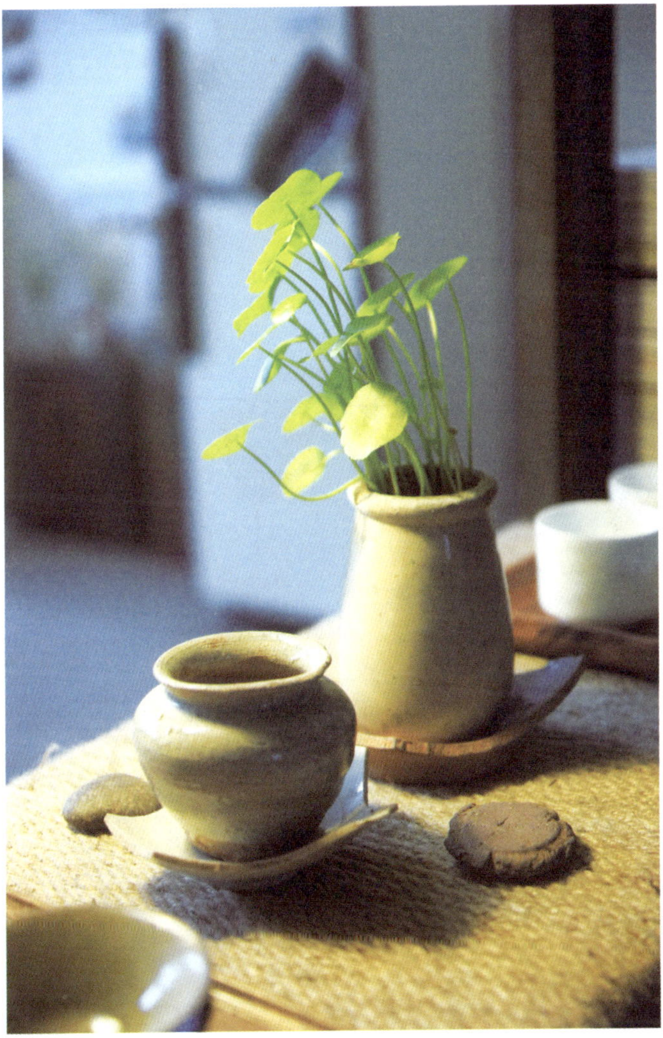

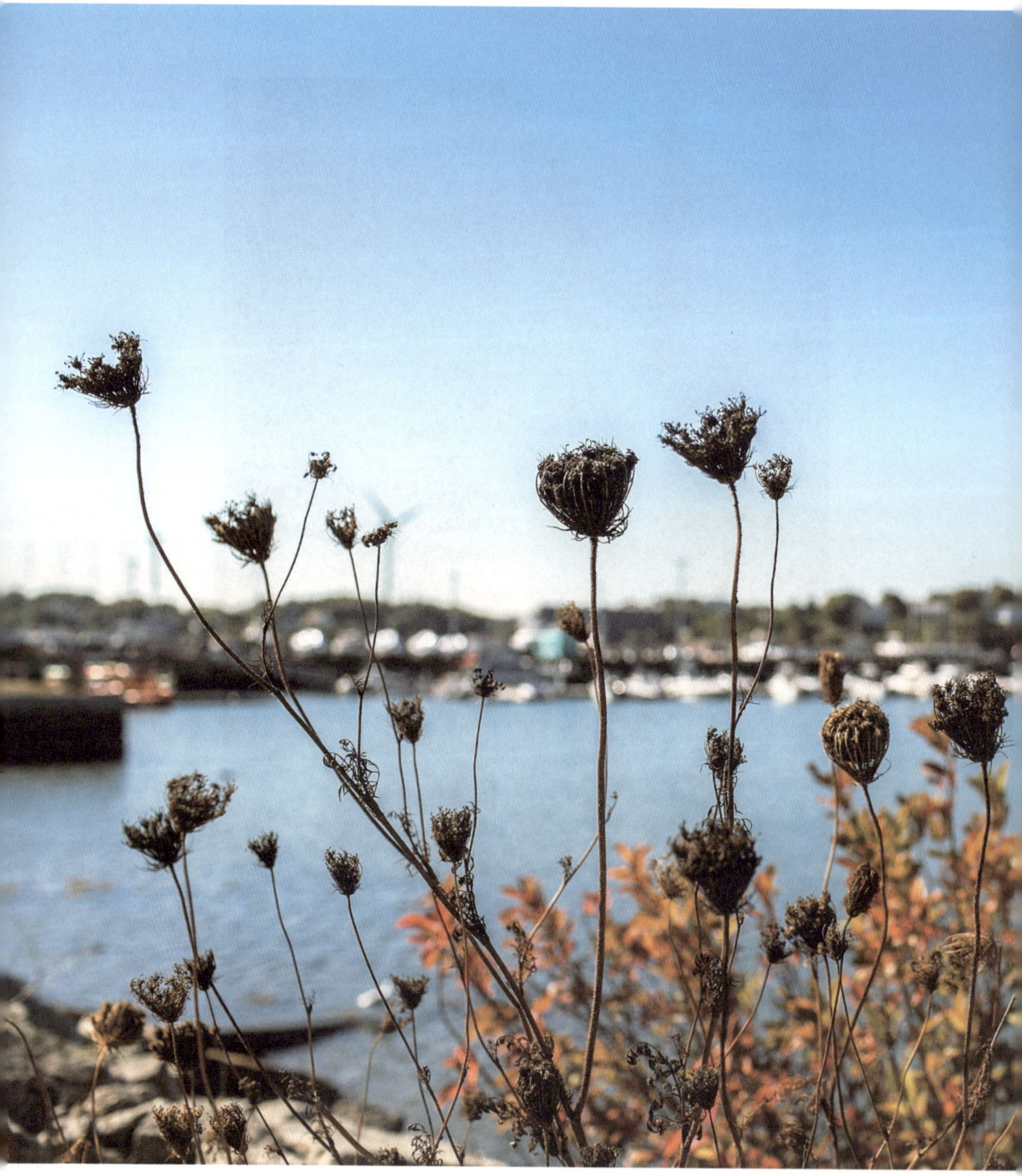

充满良好习惯的生活，才是合于"自然"的生活。

所谓和气是吃饱喝足之后所自然流露出来的一股温暖。

北平年景

过年须要在家乡里才有味道

过年须要在家乡里才有味道。羁旅凄凉,到了年下只有长吁短叹的份儿,还能有半点欢乐的心情?而所谓家,至少要有老小二代,若是上无双亲,下无儿女,剩下伉俪一对,大眼瞪小眼,相敬如宾,还能制造什么过年的气氛?北平远在天边,徒萦梦想,童时过年风景,尚可回忆一二。

祭灶过后,年关在迩。家家忙着把锡香炉、锡蜡签、锡果盘、锡茶托,

PART
———
01

<u>生活</u>
<u>本来</u>
<u>简单</u>

从蛛网尘封的箱子里取出来，做一年一度的大擦洗。宫灯、纱灯、牛角灯，一齐出笼。年货也是要及早备办的，这包括厨房里用的干货，拜神祭祖用的苹果、干果等，屋里供养的牡丹、水仙，孩子们吃的粗细杂拌儿。蜜供是早就在白云观订制好了的，到时候用纸糊的大筐篓一碗一碗装着送上门来。家中大小，出出进进，如中风魔。主妇当然更有额外负担，要给大家制备新衣新鞋新袜大衫，尽管是布鞋布袜布大衫，总要上下一新。

祭祖先是过年的高潮之一。祖先的影像悬挂在厅堂之上，都是七老八十的，有的撇嘴微笑，有的金刚怒目，在香烟缭绕之中，享用蒸烟，这时节孝子贤孙磕头如捣蒜，其实亦不知所为何来，慎终追远的意思不能说没有，不过大家忙的是上供、拈香、点烛、磕头，紧接着是撤供，围桌吃年夜饭，来不及慎终追远。

吃是过年的主要节目。年菜是标准化了的，家家一律。人口旺的人家要进全猪，连下水带猪头，分别处理下咽。一锅炖肉，加上蘑菇是一碗，加上粉丝又是一碗，加上山药又是一碗，大盆的芥末墩儿、鱼冻儿、肉皮辣酱，成缸的大腌白菜、芥菜疙瘩——管够。初一不动刀，初五以前不开市，年菜非囤积不可，结果是年菜等于剩菜，吃倒了胃口而后已。

"好吃不过饺子，舒服不过倒着"，这是乡下人说的话，北平人称饺子为"煮饽饽"，城里人也把煮饽饽当作好东西，除了除夕消夜不可少的一顿之外，从初一至少到初三，顿顿煮饽饽，直把人吃得头昏脑涨。这种疲劳填充的方法颇有道理，可以使你长期地不敢再对煮饽饽妄动食指，直等到你淡忘之后明年再说。除夕消夜的那一顿，还有考究，其中一只要放一块银币，谁吃到那一只准交好运。家里有老祖母的，年年是她老人家幸运地一口咬到，谁都知道其中做了手脚，谁都心里有数。

孩子们须要循规蹈矩，否则便成了野孩子，唯有到了过年时节可以沐恩解禁，任意地作孩子状。除夕之夜，院里撒满了芝麻秸儿，孩子们践踏得咯吱咯吱响，是为"踩岁"。闹得精疲力竭，睡前给大人请安，是为"辞岁"。大人摸出点什么作为赏赉，是为"压岁"。

新正是一年复始，不准说丧气话，见面要道一声"新禧"。房梁上有"对我生财"的横批，柱子上有"一人新春万事如意"的直条，天棚上有"紫气东来"的斗方，大门上有"国恩家庆人寿年丰"的对联。墙上本来不大干净的，还可贴上几张年画，什么"招财进宝""肥猪拱门"，都可以收补壁之效。自己心中想要获得的，写出来画出来贴在墙上，俯仰之间仿佛如意算盘业已实现了！

好好的人家没有赌博的。打麻将应该到八大胡同去，在那里有上好的骨牌，硬木的牌桌，还有佳丽环列。但是过年则几乎家家开赌，推牌九、状元红，呼么喝六，老少咸宜。赌禁的开放可以延长到元宵，这是唯一的家庭娱乐。孩子们玩花炮是没有腻的。九隆斋的大花盒，七层的九层的，花样翻新，直把孩子们看得瞪眼咂舌。冲天炮、二踢脚、太平花、飞天七响、炮打襄阳，还有我们自以为值得骄傲的可与火箭媲美的"旗火"，从除夕到天亮彻夜不绝。

街上除了油盐店门上留个小窟窿外，商店都上板，里面常是锣鼓齐鸣，狂摇乱敲，无板无眼，据说是伙计们在那里发泄积攒一年的怨气。大姑娘小媳妇擦脂抹粉地全出动了，三河县的老妈儿都在头上插一朵颤巍巍的红绒花。凡是有大姑娘小媳妇出动的地方就有更多的毛头小伙子乱钻乱挤。于是厂甸挤得水泄不通，海王村里除了几个露天茶座坐着几个直流鼻涕的小孩之外没有什么可看，但是入门处能挤死人！火神庙里的古玩玉器摊，土地祠里的书摊画棚，看热闹的多，买东西的少。赶着天晴雪霁，满街泥泞，凉风一吹，又滴水成冰，人们在冰雪中打滚，甘之如饴。"喝豆汁儿，就咸菜儿，琉璃喇叭大沙雁儿"，对于大家还是有足够的诱惑。此外如财神庙、白云观、雍和宫，都是人挤人、人看人的局面，去一趟把鼻子耳朵冻得通红。

新年狂欢拖到十五。但是我记得有一年提前结束了几天，那便是一九一二年，阴历的正月十二日，在普天同庆声中，中华民国第一任大总统袁世凯先生嗾使北军第三镇曹锟驻禄米仓部队哗变掠劫平津商民两天，这开国后第一个惊人的年景使我到如今不能忘怀。

东安市场
许多好吃好玩的事物徒留在记忆里

北平的东安市场，本地人简称为"市场"，因为当年北平内城里像样子的市场就只有这么一个。西城也有一个西安市场，那是后来兴建的，而且里面冷冷落落，十摊九空，不能和东安市场相比。北平的繁盛地区历来是在东城。

我家住的地方离市场很近，步行约二十分钟，出胡同口转两个弯，就到了。市场的地点是在王府井大街金鱼胡同西口的把角处。我十岁左右的时候，常随同兄弟姊妹溜达着去买点什么吃点什么或是闲逛一番。

东安市场有四个门，金鱼胡同口内的是后门（也称北门），王府井大街的是前门，前门往南不远有个不大显眼的中门，再往南有个更不大显眼的南门。

进前门，左手是市场管理处，属京师警察厅左一区。墙上吊挂着一排蓝布面的记事簿子，公事桌旁坐着三两警察，看样子很悠闲。照直往前走，短短一截路，中间是固定的摊贩，两边是店铺。这条短路衔接着南北向的一条大路，这大路是市场的主干线。路中间有密密丛丛的固定摊贩，两边都是店铺。路面是露天的，可是各个摊贩都设法支起一个布帐篷，连接起来也可以避骄阳细雨。直到民国元年（编者注：1912年）二月间，大总统袁世凯唆使陆军第三镇曹锟驻禄米仓部队兵变，大掠平津，东安市场首当其冲，不知为什么抢掠之后还要付之一炬。那一夜晚，我在家里看到熊熊大火起自西南，黑的白的浓烟里冒着金星，还听得到噼噼啪啪的响。这一把火把市场烧成一片焦土。可是俗语说"烧发，烧发"，果不其然，不久市场重建起来了，比以前更显得整齐得多。布帐篷没有了，改为铅铁棚，把整条街道都遮盖起来，不再受天气的影响。有一点像现今美国的所谓Mall（商场街），只是规模简陋许多，没有空气调节器。

我逛市场总是从后门进去，一进门，觌面就是一个水果摊，除了各色水果堆得满坑满谷之外，还有应时的酸梅汤、玻璃粉、果子干，以及山里红汤、榅桲、炒红果、糊子糕、蜜饯杏干、蜜饯海棠，当然冬天还有各样的冰糖葫芦。这些东西本来大部分是干果子铺或水果店发卖的货色，按照北平老规矩，上好的水果都是藏在里面的，摆在外面的是二等货，识货的主顾一定坚持要头等货，伙计才肯到里面拿出好货色来，这就是"良贾深藏若虚"的道理。市场的水果摊则不然，好货色全摆在外面，次货藏在桌底下。到市场买水果很容易上当，通常两个卖主应付一个买主，一个帮助买主挑挑拣拣，好话说尽，另一个专管打蒲包，手法利落，把已拣好的好货塞到桌下，用次货调包，再不然就是少放几个，买主回家发现徒呼负负而已。北平买卖人道德低落在民初即已开始，市场是最好的奸商表演特技的地方。不过市场的货色，至少从表面上看，是很漂亮诱人的。即以冰糖葫芦而论，除了琉璃厂信远斋的比较精致之外，没有比市场更好的。再往前走几步，有个卖豌豆黄的，长方的一块块，上面贴上一层山楂糕，装在纸匣里带回家去，是很可口的一样甜点。

进后门右手有一座四层楼，也是火烧后的新建筑。这楼名为"森隆"，算是市场最高大的建筑物了。楼下一层是"稻香村",顾名思义是专卖南货。当年北平卖南货的最初是前门外观音街的"稻香村",道地的南货,店伙都是杭州人,出售的货色不外笋尖、素火腿、沙胡桃、甘草橄榄、半梅、笋豆、香蕈、火腿之类,附带着还卖杭垣舒莲记的折扇。沿街也偶有卖南货跑单帮的小贩。"森隆"的"稻香村"虽是后起,规模不小,除了南货也有北货。特制的糟蛋、醉蟹等都很出色。"森隆"楼上是餐馆,二楼中餐,三楼西餐,四楼素食。西菜很特别,中国菜味儿十足,显得土气,吃不惯道地西菜的人趋之若鹜。

进后门左转照直走,就看见"吉祥茶园"。当年富连成的科班经常在此上演,小孩儿戏常是成本大套的,因为人多,戏格外热闹,尤其是武戏,孩子们是真卖力气。谭富英、马连良出师不久常在这里演唱。戏园所在的地方,附近饮食业还能不发达?"东来顺""润明楼"就在左边。"东来顺"是回教馆,以汆烤羊肉驰名,其实只是一个中级的馆子,价钱便宜,为大众所易接受,讲到货色就略嫌粗糙,片羊肉没有"正阳楼"片得薄,一切佐料也嫌简陋。因为生意好,永远是乱哄哄的,堂倌疲于奔命,顾客望而生畏。"润明楼"就更等而下之,只好以里脊丝拉皮为号召了,只是门前现烙现卖的褡裢火烧却是别处没有的,虽然油腻一点。右边有一家"大鸿楼",比较晚开的,长于面点,所做的牛肉面,汤清碗大,那一块红亮的大块肥瘦肉,酥烂香嫩,一块不够可以双浇,大有上海的风味,爆鳝过桥也是一绝。

从"吉祥戏院"门口向右一转是一片空场,可是一个好去处。零食摊贩一个挨着一个。豆汁儿、灌肠、爆肚儿、豆腐脑、豆腐丝,应有尽有。最吸引人的是广场里卖艺的、耍坛子的、拉大片的、耍狗熊的、耍猴儿的,还有变戏法的。我小时候常和我哥哥到市场看变戏法的,对于那神出鬼没无中生有的把戏最感兴味。有一天寒风凛冽，一大群人围观，以小孩居多。变戏法的忽然取出一条大蛇，真的活的大蛇，举着蛇头绕场巡走一周，一面高呼："这蛇最爱吃小孩的鼻涕……"在场的小孩一个个地急忙举起袖子揩鼻涕，群众大笑。变戏法的在紧要关头倏地停止表演，拿起小锣就敲："镗！镗！镗！财从旺地起，请大家捧捧场。"坐在前排凳上的我哥哥和我从衣袋里掏出几个铜板往场地一丢，这时候场地上只有疏疏落落的二三十个铜板，通常一个人投一个铜板也就够了，我们俩投了四五个，变戏法的登时走了过来，高声说："列位看见了吗，这两位哥儿们出手多大方！"这时候后面站着的观众一个个地拔腿就跑，变戏法的又高声叫："这几位爷儿们不忙着跑啊，家里蒸着的窝头焦不了！"但是人还是差不多都跑光了。

　　从后门进来照直走，不远，右手有一家中兴号，本来是个绒线铺，实际上卖一切家用杂货，货物塞得满满的，生意茂盛。店主傅心精明强干，长袖善舞，交游广阔，是东安市场的一霸。绒线铺生意太好，他便在楼上开辟出一个"中兴茶楼"，在绒线铺中央安装一个又窄又陡的木梯，缘梯而上，直登茶楼。茶楼当然是卖茶，逛市场可以在此歇歇腿儿，也可以教伙计买各种零食送到楼上来，楼上还有几个雅座。傅掌柜的花样多，不久他卖起西餐来了。他对常来的茶客游说："您尝尝我们的咖喱鸡，我现在就请您赏脸，求您品题，不算钱，您吃着好，以后多照顾。"一吃，果然不错。那时候在北平，吃西餐算时髦，一般人只知道咖喱的味道不错，不知道咖喱是什么东西，还以为咖喱是一种植物的果实，磨成粉就是咖喱粉，像咖啡豆之磨成咖啡那样。傅掌柜又说："您吃着好，以后打个电话我们就送到府上，包管是滚热的，多给您带汤。"一块钱可以买四只小嫩鸡煮的整四只咖喱鸡，一大锅汤。不久他又有了新猷："您尝尝我们的牛扒。是从六国饭店请来的师傅。半生不熟的、外焦里嫩的、煎得熟透的，任凭你选择。"牛扒是北平的词儿，因为上海人读排为扒，北平人干脆写成为牛扒。"中兴茶楼"又拓展到对面的一层楼上，场面愈大，也学会了西车站食堂首创的奶油栗子粉。这一道甜点心，没人不欢迎，虽然我们中国的奶油品质差一点，打起来稀趴趴的不够坚实。

"中兴"的后身有两座楼，一个是丹桂商场，一个我忘了名字。这两座楼方形，中间是摊贩的空场，一个专卖七零八碎的小古董小玩意儿，一个是卖旧书。古董里可真有好东西，一座座玻璃罩的各种形式的座钟，虽然古老，煞是有趣。古钱币、鼻烟壶、珠宝景泰蓝等也不少。价钱没有一定，一般人不敢问津。北平特产的小宝剑小挎刀是非常可爱的。我在摊子上买到过一个硬木制的放风筝用的线桄子，连同老弦，用了多少年都没有坏，而且使用起来灵活可喜。我也在书摊上买到过好几部明刻本诗集，有一部铅字排的仇注杜诗随身携带至今，书页都变成焦黄色了。

斜对着"中兴"，有一家"葆荣斋"，卖西点，所做菠萝蛋糕、气鼓、咖啡糕等都还可以，只是粗糙一些，和法国面包房的东西不能比。老板姓氏不记得了，外号人称"二愣子"，有人说他是太监，是否属实不得而知。市场里后起的西点还有两家，"起士林"和"国强"，兼做冷饮小吃，年轻的人喜欢去吃点冰淇淋什么的。有一家"丰盛轩"酪铺，虽不及门框胡同的，在东城也算是够标准的了，好像比东四牌楼南大街的要高明些。

越过"起士林"往南走，是一片空地，疏疏落落的，有些草木，东头有一个集贤球房，远远的，可以听到辘辘响，那是保龄球，据说那里也有台球。我从来没有进去过。那个时代好像只有纨绔子弟或市井无赖才去那种地方玩耍。

逛市场到此也差不多了，出南门便是王府井大街，如有兴致可以在中原公司附近一家茶馆听白云鹏唱大鼓，刘宝全不在了，白云鹏还唱一气，老气横秋，韵味十足。那家茶馆设备好，每位客人占大沙发一个，小茶几一个，舒适至极。

听完大鼓，回头走，走到金鱼胡同口，"宝华春"的盒子菜是有名的，酱肘子没有西单天福的那样肥，可是一样地烂，熏鸡、酱肉、小肚、熏肘、香肠无一不精，各买一小包带回家去下酒卷饼，十分美妙。隔壁"天义顺酱园"在东城一带无人不知，糖蒜固然好，甜酱萝卜更耐人寻味，北平的萝卜（象牙白）品质好，脆嫩而水分少，而且加糖适度，不像日本的腌渍那样死甜，也不像保定府三宗宝之一的酱菜那样死咸。我每次到杭州我舅舅家去，少不了带点随身土物，一整块"宝华春"青酱肉，一大篓"大义顺"酱萝卜，外加一盆"月盛斋"酱羊肉，两个大茎蓝，两把炕笤帚。这几样东西可以代表北平风物之一斑。

现在的北平变了。最近去过的人回来报道说，东安市场的名字没有了，原来的模样也不存在，许多许多好吃好玩的事物也徒留在记忆里，只是那块地无恙。儿时流连的地方，悠闲享受的所在，均已去得无影无踪。仅仅三四十年的工夫，变化真大。

北平的零食小贩

北平小贩的吆喝声给市声平添不少情趣

北平人馋。馋，据字典说是"贪食也"，其实不只是贪食，是贪食各种美味之食。美味当前，固然馋涎欲滴，即使闲来无事，馋虫亦在咽喉中抓挠，迫切地需要一点什么以膏馋吻。三餐时固然希望青粱罗列，任我下箸，三餐以外的时间也一样地想馋嚼，以锻炼其咀嚼筋。看鹭鸶的长颈都有一点羡慕，因为颈长可能享受更多的徐徐下咽之感，此之谓馋，馋字在外国语中无适当的字可以代替，所以讲到馋，真"不足为外人道"。有人说北平人之所以特别馋，是由于当年的八旗子弟游手好闲的太多，闲就要生事，在吃上打主意自然也是可以理解的。所以各式各样的零食小贩便应运而生，自晨至夜逡巡于大街小巷之中。

北平小贩的吆喝声是很特殊的。我不知道这与平剧有无关系，其抑扬顿挫，变化颇多，有的豪放如唱大花脸，有的沉闷如黑头，又有的清脆如生旦，在白昼给浩浩欲沸的市声平添不少情趣，在夜晚又给寂静的夜带来一些凄凉。细听小贩的呼声，则有直譬，有隐喻，有时竟像谜语一般耐人寻味。而且他们的吆喝声，数十年如一日，不曾有过改变。我如今闭目沉思，北平零食小贩的呼声俨然在耳，一个个的如在目前。现在让我就记忆所及，细细数说。

首先让我提起"豆汁"。绿豆渣发酵后煮成稀汤，是为豆汁，淡草绿色而又微黄，味酸而又带一点霉味，稠稠的，浑浑的，热热的。佐以辣咸菜，即棺材板切细丝，加芹菜梗，辣椒丝或末。有时亦备较高级之酱菜如酱萝卜、酱黄瓜之类，但反不如辣咸菜之可口，午后啜三两碗，愈吃愈辣，愈辣愈喝，愈喝愈热，终至大汗淋漓，舌尖麻木而止。北平城里人没有不嗜豆汁者，但一出城则豆渣只有喂猪的份，乡下人没有喝豆汁的。外省人居住北平二三十年往往不能养成喝豆汁的习惯。能喝豆汁的人才算是真正的北平人。

其次是"灌肠"。后门桥头那一家的大灌肠，是真的猪肠做的，遐迩驰名，但嫌油腻。小贩的灌肠虽有肠之名实则并非是肠，仅具肠形，一条条的以芡粉为主所做成的橛子，切成不规则形的小片，放在平底大油锅上煎炸，炸得焦焦的，蘸蒜盐汁吃。据说那油不是普通油，是从作坊里从马肉等熬出来的油，所以有这一种怪味。单闻那种油味，能把人恶心死，但炸出来的灌肠，喷香！

从下午起有沿街叫卖"面筋哟"者，你喊他时须喊"卖熏鱼儿的"，他来到你门口打开他的背盒由你拣选时却主要的是猪头肉。除猪头肉的脸子、只皮、口条之外还有脑子、肝、肠、苦肠、心头、蹄筋，等等，外带着别有风味的干硬的火烧。刀口上手艺非凡，从夹板缝里抽出一把飞薄的刀，横着削切，把猪头肉切得出薄如纸，塞在那火烧里食之，熏味扑鼻！这种卤味好像不能登大雅之堂，但是在煨煮熏制中有特殊的风味。离开北平便尝不到。

薄暮后有叫卖羊头肉者，这是回教徒的生意，刀板器皿刷洗得一尘不染，切羊脸子是他的拿手，切得真薄，从一只牛角里撒出一些特制的胡盐，北平的羊好，有浓厚的羊味，可又没有浓厚到膻的地步。

也有推着车子卖"烧羊脖子烧羊肉"的。烧羊肉是经过煮和炸两道工序的，除肉之外还有肚子和卤汤。在夏天佐以黄瓜大蒜是最好的下面之物。推车卖的不及街上羊肉铺所发售的，但慰情聊胜于无。

北平的"豆腐脑"，异于川湘的豆花，是哆里哆嗦的软嫩豆腐，上面浇一勺卤，再加蒜泥。

"老豆腐"另是一种东西，是把豆腐煮出了蜂窠，加芝麻酱韭菜末辣椒等佐料，热乎乎的连吃带喝亦颇有味。

北平人做"烫面饺"不算一回事，真是举重若轻叱咤立办，你喊三十饺子，不大的工夫就给你端上来了，一个个包得细长齐整又俊又俏。

斜尖的炸豆腐，在花椒盐水里煮得饱饱的，有时再屪进几个粉丝做的炸丸子，放进一点辣椒酱，也算是一味很普通的零食。

馄饨何处无之？北平挑担卖馄饨的却有他的特点，馄饨本身没有什么异样，由筷子头拨一点肉馅往三角皮子上一抹就是一个馄饨，特殊的是那一锅肉骨头熬的汤别有滋味，谁家里也不会把那么多的烂骨头煮那么久。

一清早卖点心的很多，最普通的是烧饼油鬼。北平的烧饼主要的有四种，芝麻酱烧饼、螺丝转、马蹄、驴蹄，各有千秋。芝麻酱烧饼，外省仿造者都不像样，不是太薄就是太厚，不是太大就是太小，总是不够标准。螺丝转儿最好是和"甜浆粥"一起用，要夹小圆圈油鬼。马蹄儿只有薄薄的两层皮，宜加圆饱的甜油鬼。驴蹄儿又小又厚，不要油鬼做伴。北平油鬼，不叫油条，因为根本不作长条状，主要的只有两种，四个圆饱连在一起的是甜油鬼，小圆圈的油鬼是咸的，炸得特焦，夹在烧饼里一按咔嚓一声。离开北平的人没有不想念那种油鬼的。外省的油条，虚泡囊肿，不够味，要求炸焦一点也不行。

"面茶"在别处没见过。真正的一锅糨糊，炒面熬的，盛在碗里之后，在上面用筷子蘸着芝麻酱撒满一层,唯恐撒得太多似的。味道好么?至少是很怪。

卖"三角馒头"的永远是山东老乡。打开蒸笼布,热腾腾的各样蒸食,如糖三角、混糖馒头、豆沙包、蒸饼、红枣蒸饼、高庄馒头,听你拣选。

"杏仁茶"是北平的好,因为杏仁出在北方,提味的是那少数几颗苦杏仁。

豆类做出的吃食可多了,首先要提"豌豆糕"。小孩子一听打镗锣的声音很少不怦然心动的。卖豌豆糕的人有一把手艺,他会把一块豌豆泥捏成为各式各样的东西,他可以听你的吩咐捏一把茶壶,壶盖壶把壶嘴俱全,中间灌上黑糖水,还可以一杯一杯地往外倒。规模大一点的是荷花盆,真有花有叶,盆里灌黑糖水。最简单的是用模型翻制小饼,用芝麻做馅。后来还有"仿膳"的伙计出来做这一行生意,善用豌豆泥制各式各样的点心,大八件、小八件,什么卷酥喇嘛糕枣泥饼花糕,五颜六色,应有尽有,惟妙惟肖。

"豌豆黄"之下街卖者是粗的一种,制时未去皮,加红枣,切成三尖形矗立在案板上。实际上比铺子卖的较细的放在纸盒里的那种要有味得多。

"热芸豆"有红白二种,普通的吃法是用一块布挤成一个豆饼,可甜可咸。

"烂蚕豆"是俟蚕豆发芽后加五香大料煮成的,烂到一挤即出。

"铁蚕豆"是把蚕豆炒熟,其干硬似铁。牙齿不牢者不敢轻试,但亦有酥皮者,较易嚼。

夏季雨后照例有小孩提着竹篮赤足蹚水而高呼"干香豌豆",咸滋滋的也很好吃。

"豆腐丝"，粗糙如豆腐渣，但有人拌葱卷饼而食之。

"豆渣糕"是芸豆泥做的，作圆球形，蒸食，售者以竹筷插之，一插即是两颗，加糖及黑糖水食之。

"甑儿糕"，是米面填木碗中蒸之，呲呲作响。顷刻而熟。

"浆米藕"，是老藕孔中填糯米，煮熟切片加糖而食之。挑子周围经常环绕着馋涎欲滴的小孩子。

北平的"酪"是一项特产，用牛奶凝冻而成，夏日用冰镇，凉香可口，讲究一点的酪在酪铺发售，沿街贩卖者亦不恶。

"白薯"（即南人所谓红薯），有三种吃法，初秋街上喊"栗子味儿的"者是干煮白薯，细细小小的一根根地放在车上卖。稍后喊"锅底儿热和"者为带汁的煮白薯，块头较大，亦较甜。此外是烤白薯。

"老玉米"（即玉蜀黍）初上市时也有煮熟了在街上卖的。对于城市中人这也是一种新鲜滋味。

沿街卖的"粽子"，包得又小又俏，有加枣的，有不加枣的，摆在盘子里齐整可爱。

北平没有汤圆，只有"元宵"，到了元宵季节街上有叫卖煮元宵的。袁世凯称帝时，曾一度禁称元宵，因与"袁消"二字音同，改称汤圆，可噱也。

糯米团子加豆沙馅，名曰"艾窝"或"艾窝窝"。

黄米面做的"切糕"，有加红豆的，有加红枣的，卖时切成斜块，插以竹签。

菱角是小的好，所以北平小贩卖的是小菱角，有生有熟，用剪去刺，当中剪开。很少卖大的红菱者。

"老鸡头"即芡实。生者为刺囊状，内含芡实数十颗，熟者则为圆硬粒，须敲碎食其核仁。

供儿童以糖果的，从前是"打镗锣的"，后又有卖"梨糕"的，此外如"吹糖人的"，卖"糖杂面的"，都经常徘徊于街头巷尾。

"爬糕""凉粉"都是夏季平民食物，又酸又辣。

"驴肉"，听起来怪骇人的，其实切成大片瘦肉，也很好吃。是否有骆驼肉、马肉混在其中，我不敢说。

担着大铜茶壶满街跑的是卖"茶汤"的，用开水一冲，即可调成一碗茶汤，和铺子里的八宝茶汤或牛髓茶固不能比，但亦颇有味。

"油炸花生仁"是用马油炸的，特别酥脆。

北平"酸梅汤"之所以特别好，是因为使用冰糖，并加玫瑰、木樨、桂花之类。信远斋的最合标准，沿街叫卖的便徒有其名了，而且加上天然冰亦颇有碍卫生。卖酸梅汤的普通兼带"玻璃粉"及小瓶用玻璃球做盖的汽水。"果子干"也是重要的一项副业，用杏干、柿饼、鲜藕煮成。"玫瑰枣"也很好吃。

冬天卖"糖葫芦"，裹麦芽糖或糖稀的不太好，蘸冰糖的才好吃。各种原料皆可制糖葫芦，唯以"山里红"为正宗。其他如海棠、山药、山药豆、杏干、核桃、荸荠、橘子、葡萄、金橘等均佳。

北地苦寒，冬夜特别寂静，令人难忘的是那卖"水萝卜"的声音，"萝卜——赛梨——辣了换！"那红绿萝卜，多汁而甘脆，切得又好，对于北方煨在火炉旁边的人特别有沁人脾胃之效。这等萝卜，别处没有。

有一种内空而瘪小的花生，大概是拣选出来的不够标准的花生，炒焦了之后，其味特香，远在白胖的花生之上，名曰"抓空儿"，亦冬夜的一种点缀。

夜深时往往听到沉闷而迟缓的"硬面饽饽"声，有光头、凸盖、镯子等，亦可充饥。

水果类则四季不绝地应世，诸如：三白的大西瓜、蛤蟆酥、羊角蜜、老头儿乐、鸭儿梨、小白梨、肖梨、糖梨、烂酸梨、沙果、苹果、虎拉车、杏、桃、李、山里红、柿子、黑枣、嘎嘎枣、老虎眼大酸枣、荸荠、海棠、葡萄、莲蓬、藕、樱桃、桑葚、槟子……不可胜举，都在沿门求售。

以上约略举说，只就记忆所及，挂漏必多。而且数十年来，北平也正在变动，有些小贩由式微而没落，也有些新的应运而生，比我长一辈的人所见所闻可能比我要丰富些，比我年轻的人可能遇到一些较新鲜而失去北平特色的事物。总而言之，北平是在向新颖而庸俗方面变，在零食小贩上即可窥见一斑。如今呢，胡尘涨宇，面目全非，这些小贩，还能保存一二与否，恐怕在不可知之数了。但愿我的回忆不是永远地成为回忆！

平山堂记

住过平山堂之后，才知道天下之大无奇不有

我常以为，关于居住的经验，我的一份是很宏富的。最特别的，如王宝钏住过的那种"窑"，我都住过一次，其他就不必说了。然而不然，我住过平山堂之后，才知道天下之大无奇不有，我的以往的经验实在是渺不足道。

平山堂者，广州国立中山大学城内教员宿舍也。我于一九四八年十二月避乱南征，浮海十有六日，于一九四九年一月一日抵广州，应中山大学聘，迁入平山堂。在迁入之前，得知可以获得"二房一厅"，私心庆幸不置。三日吉辰，携稚子及行李大小十一件乘"指挥车"往，到了一座巍巍大楼之下，车戛然止。行李卸下之后，登楼巡视，于黝黑之甬道中居然有管理员，于是道明来意，取得钥匙。所谓二房一厅者，乃屋一间，以半截薄板隔成三块，外面一块名曰厅，里面那两块名曰房。于浮海十有六日之后，得此大为满意，因房屋甚为稳定，全不似海上之颠簸，突兀广厦，寒士欢颜。

平山堂有石额，金曾澄题，盖构于二十余年前，虽壁垩斑驳，蛛网尘封，而四壁峭立，略无倾斜。楼上为教员宿舍，住二十余家，楼下为附属小学，学生数百人，又驻有内政部警察大队数十名，又有司法官训练班教室及员生数十人，楼之另一翼为附属中学教员宿舍，盖亦有数十家。房屋本应充分利用，若平山堂者可谓毫无遗憾。

我们的房间有一特点,往往需两家共分一窗,而且两家之间的墙壁上下均有寸许之空隙,所以不但鸡犬之声相闻,而且炊烟袅袅随时可以飘荡而来。平山堂无厨房之设备,各家炊事均需于其二房一厅中自行解决之。我以一房划为厨房,生平豪华莫此为甚,购红泥小火炉一,置炭其中临窗而点燃之,若遇风向顺利之时,室内积烟亦不太多,仅使人双目流泪略感窒息而已。各家炊饭时间并不一致,有的人黎明即起升火煮粥,亦有人于夜十二时开始操动刀砧升火烧油哗啦一声炒鱿鱼。所以一天到晚平山堂里面氤氤氲氲。有几家在门外甬道烧饭,盘碗罗列,炉火熊熊,俨然是露营炊饭之状,行人经过,要随时小心不要踢翻人家的油瓶醋罐。

水势就下,所以也难怪楼上的那仅有的一个水管不出水。在需用水的时候,它不绝如缕,有时候扑簌如落泪,有时候只有吱吱的干响如主人之叹息。唯一水源畅通的时候是在午夜以后,有识之士就纷纷以铅铁桶轮流取水囤积,其声淙然，彻夜不绝。白昼用水则需下楼汲取。楼下有蓄水池，洗澡洗衣洗米即在池边举行，有时亦在池内举行之。但是我们的下水道是相当方便的，窗口即是下水道，随时可以听见哗的一声响。举目一望，即可看见各式各样的器皿在窗口一晃而逝。至于倒出来的东西，其内容是相当复杂的了。

老练的人参观一个地方，总要看看它的厕所是什么样子。关于这一点我总是抱着"谢绝参观"的态度，所以也不便多所描写，我只能提供几点事实。的的确确，我们是有厕所的，而且有两处之多，都在楼下，而且至少有五百人以上集体使用，不分男女老幼。原来每一个小房间都有门的，现在门已多不知去向。原来是可以抽水的，现已不通水。据一位到过新疆的朋友告诉我，那地方大家都用公共厕所，男女不分，而且使用的人都是面朝里蹲下。朝里朝外倒没有关系，只是大家都要有一致的方向就好。可惜关于此点，平山堂没有规定，任何人都要考虑许久，才能因地制宜决定方向。

平山堂多奇趣。有时候东头发出惨叫声，连呼救命，大家蜂拥而出，原来是一位后母在鞭挞孩子。有时西头号啕大哭，如丧考妣，大家又蜂拥而出，原来是一位五十多岁的老太婆被儿媳逼迫而伤心。有时候，一声吆喝，如雷贯耳，原来是一位热心人报告发薪的消息，这一回是家家蜂拥而出，夺门而走，搭汽车，走四十分钟到学校，再搭汽车，四十分钟回到城内，跑金店兑换港纸——有一次我记得清清楚楚兑得港币三元二毫五仙。

别以为平山堂不是一个好去处。当时多少人羡慕我们住在这样一个好地方。平山堂旁边操场上，躺着三五百男男女女从山东流亡来的青年学生（我祝福他们，他们现在大概是在澎湖吧），有的在生病，有的满身溃泥。我的孩子眼泪汪汪地默默地拿了十元港纸买五十斤大米送给他们煮粥吃。那一夜，我相信平山堂上有许多人没有能合眼。平山堂前面进德会旁檐下躺着一二百人，内

021

中有东北的学生、教授及眷属，撑起被单、毛毯而挡不住那斜风细雨的侵袭。

邻居的一位朋友题了一首咏平山堂的诗如下：

岁暮犹为客，荒斋举目非。
炊烟环室起，烛影一痕微。
蛮语穿尘壁，蚊雷绕翠帏。
干戈何日罢，携手醉言归？

盖纪实也。我于一九四九年六月离平山堂，到台湾。我与平山堂实有半年之缘。现在想想，再回去尝受平山堂的滋味，已不可得。将来归去，平山堂是否依然巍立，亦不可知。半年来平山堂之种种，恐日久或忘，是为记。

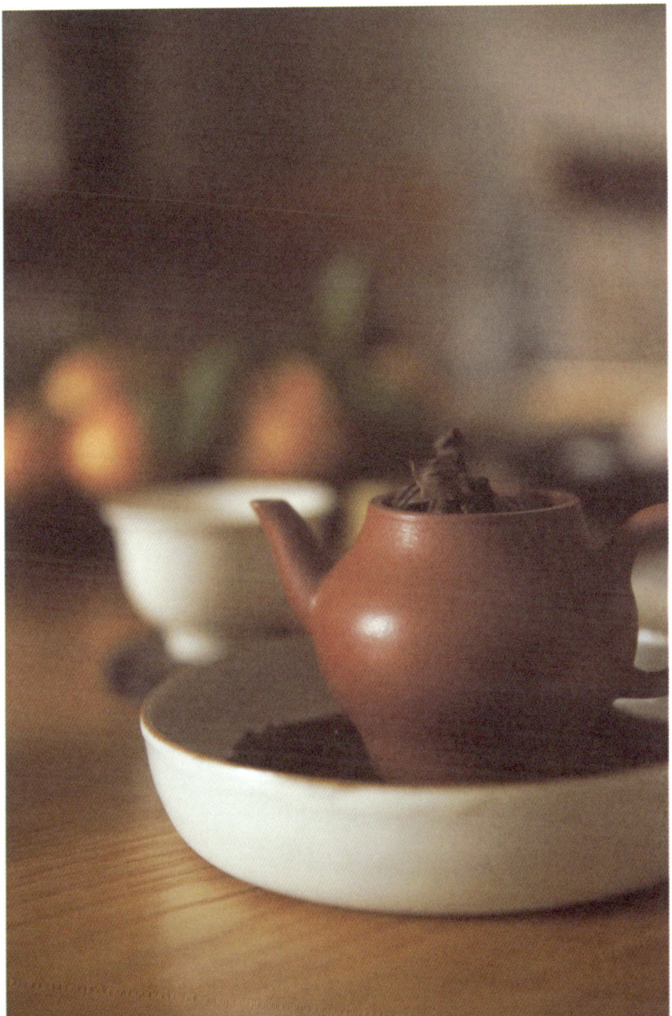

有时候，只要把心胸敞开，快乐也会逼人而来。这个世界，这个人生，有其丑恶的一面，也有其光明的一面。良辰美景，赏心乐事，随处皆是。智者乐水，仁者乐山。雨有雨的趣，晴有晴的妙，小鸟跳跃啄食，猫狗饱食酣睡，哪一样不令人看了觉得快乐？

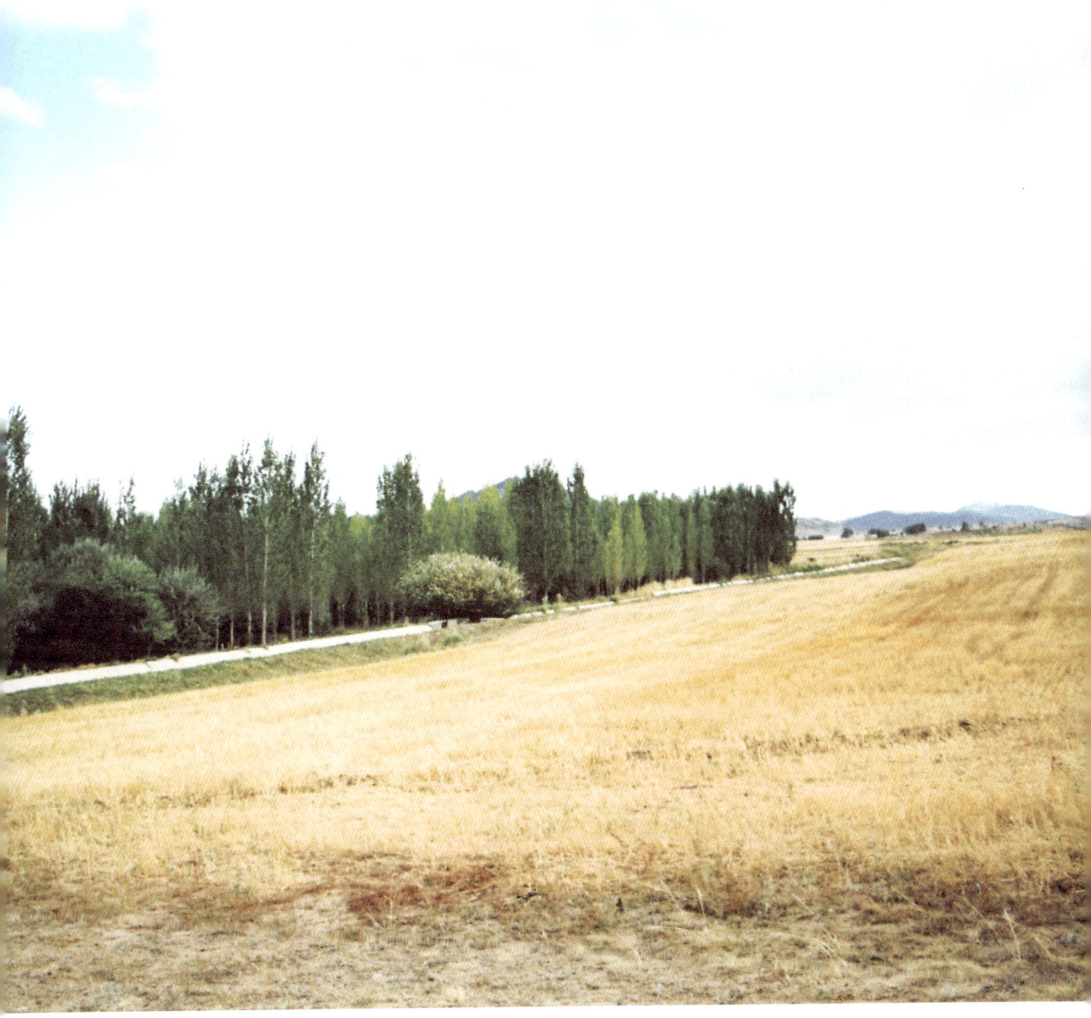

忆青岛

久居之地，缥缈之乡

"上有天堂，下有苏杭。"天堂我尚未去过。《启示录》所描写的"从天上上帝那里降下来的圣城耶路撒冷，那城充满着上帝的荣光，闪烁像碧玉宝石，光洁像水晶"。城墙是碧玉造的，城门是珍珠造的，街道是纯金的。珠光宝气，未能免俗。真不想去。新的耶路撒冷是这样的，天堂本身如何，可想而知。至于苏杭，余生也晚，没赶上当年的旖旎风光。我知道苏州有一个顽石点头的地方，有亭台楼阁之胜，纲师渔隐，拙政灌园，均足令人向往。可是想到一条河里同时有人淘米洗锅刷马桶，不禁胆寒。杭州是白傅留诗苏公判牍的地方，荷花十里，桂子三秋，曾经一度被人当作汴州。如今只见红男绿女游人如织，谁有心情看浓妆淡抹的山色空蒙。所以苏杭对我也没有多少号召力。

我曾梦想，如果有朝一日，可以安然退休，总要找一个比较舒适安逸的地点去居住。我不是不知道随遇而安的道理。

树下一卷诗，

一壶酒，一条面包——

荒漠中还有你在我身边歌唱——

啊，荒漠也就是天堂！

这只是说说罢了。荒漠不可能长久地变成天堂。我不存幻想，只想寻找

027

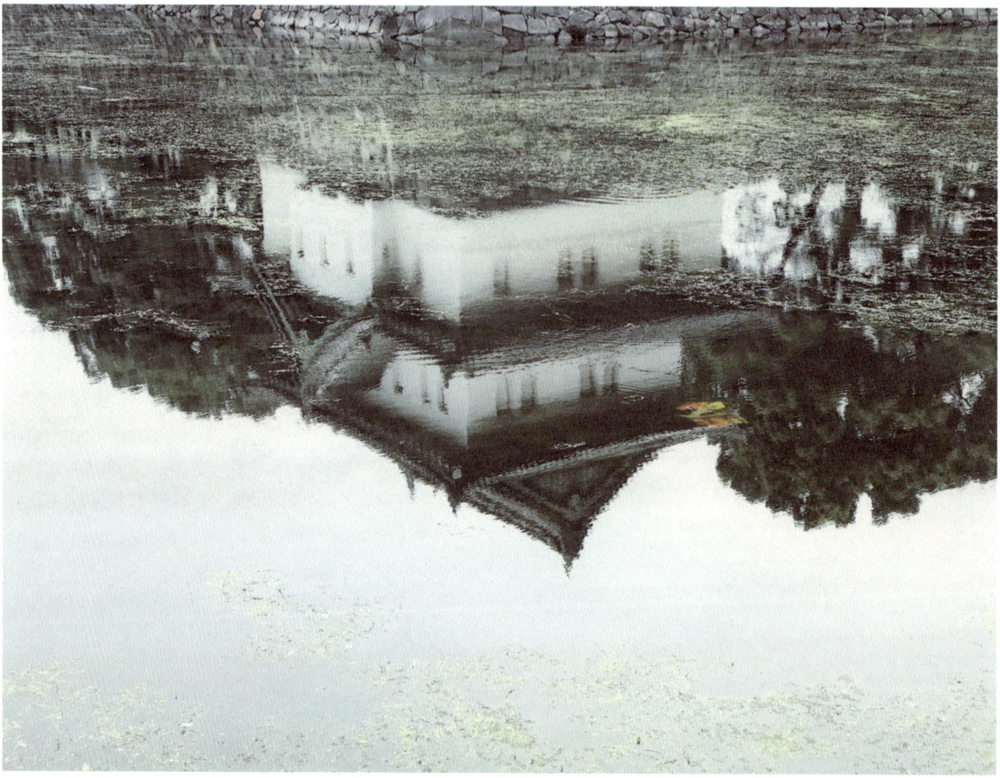

一个比较能长久地居之安的所在。我是北平人，从不以北平为理想的地方。北平从繁华而破落，从高雅而庸俗、而恶劣，几经沧桑，早已无复旧观。我虽然足迹不广，但北自辽东，南至百粤，也走过了十几省，窃以为真正令人流连不忍去的地方应推青岛。

青岛位于东海之滨，在胶州湾之入口处，背山面海，形势天成。光绪二十三年（一八九七）德国强租胶州湾，辟青岛为市场，大事建设。直到如今，青岛的外貌仍有德国人的痕迹。例如房屋建筑，屋顶一律使用红瓦片，山坡起伏绿树葱茏之间，红绿掩映，饶有情趣。民国三年青岛又被日本夺占，民国十一年（编者注：1922年）才得收回。尔后虽然被几个军阀盘踞，表面上没有遭到什么破坏。当初建设的根底牢固，就是要糟蹋一时也糟蹋不了。青岛的整齐清洁的市容一直维持了下来。我想在全国各都市里，青岛是最干净的一个。"无风三尺土，有雨一街泥"的北平不能比。

青岛的天气属于大陆气候，但是有海湾的潮流调剂，四季的变化相当温和。称得上是"春有百花秋有月，夏有凉风冬有雪"的好地方。冬天也有过雪，但是很少见，屋里面无须升火，不会结冰。夏天的凉风习习，秋季的天高气爽，都是令人喜的，而春季的百花齐放，更是美不胜收。樱花我并不喜欢，虽然第一公园里整条街的两边都是樱花树，繁花如簇，一片花海，游人摩肩接踵，蜜蜂嗡嗡之声震耳，可是花没有香气，没有姿态。樱花是日本的国花，日本和我们有血海深仇，花树无辜，但是我不能不连带着对它有几分憎恶。我喜欢的是公园里培养的那一大片娇艳欲滴的西府海棠。杜甫诗里没有提起过它，历代诗人词人歌咏赞叹它的不在少数。上清宫的牡丹高与檐齐，别处没有见过，山野有此丽质，没有人嫌它有富贵气。

推开北窗，有一层层的青山在望。不远的一个小丘有一座楼阁矗立，像堡垒似的,有俯瞰全市傲视群山之势,人称总督府,是从前德国总督的官邸,平民是不敢近的,青岛收回之后作为冠盖往来的饮宴之地,平民还是不能进去的(听说后来有时候也偶尔开放)。里面是什么样子我不知道,也不想知道。还有人说里面闹鬼。反正这座建筑物,尽管相当雄伟,不给人以愉快的印象,因为它带给我们耻辱的回忆。其实青岛本身没有高山峻岭,邻近的崂山,亦作崂山,又称牢山,却是峻峥巉险,为海滨一大名胜。读《聊斋志异·崂山道士》,早已心向往之,以为至少那是一些奇人异士栖息之所。由青岛驱车至九水,就是山麓,清流汩汩,到此尘虑全消。舍车扶策步行上山,仰视峰嶝,但见参嵯翳日,大块的青石陡峭如削,绝似山水画中之大斧劈的皴法,而且牛山濯濯,没有什么迎客松、五老松之类的点缀,所以显得十分荒野。有人说这样的名山而没有古迹岂不可惜,我说请看随便哪一块巍巍的巨岩不是大自然千百万年锤炼而成,怎能说没有古迹?几小时的登陟,到了黑龙潭观瀑亭,已经疲不能兴。其他胜境如清风岭碧落岩,则只好留俟异日。游山逛水,非徒乘兴,也须有济胜之具才成。

青岛之美不在山而在水。汇泉的海滩宽广而水浅,坡度缓,作为浴场据说是东亚第一。每当夏季,游客蜂拥而至,一个个一双双的玉体横陈,在阳光下干晒,晒得两面焦,扑通一声下水,冲凉了再晒。其中有佳丽,也有老丑。玩得最尽兴的莫过于夫妻俩携带着小儿女阖第光临。小孩子携带着小铲子、小耙子、小水桶,在沙滩上玩沙土,好像没个够。在这万头攒动的沙滩上玩腻了,缓步踱到水族馆,水族固有可观,更妙的是下面岩石缝里有潮水冲积的小水坑,其中小动物很多,如寄生蟹,英文叫hermit crab,顶着螺蛳壳乱跑,煞是好玩;又如小型水母,像一把伞似的一张一合,全身透明。孩子们利用他们的小工具可以罗掘一小桶,带回家去倒在玻璃缸里玩,比大人人类最高理想应该是人人能有闲暇，于必须的工作之余还能有闲暇去做人，有闲暇去做人的工作，去享受人的生活。

玩热带鱼还兴致高。如果还有余勇可买,不妨到栈桥上走一遭。桥尽头处有一个八角亭,额曰回澜阁。在那里观壮阔之波澜,当大王之雄风,也是一大快事。

汇泉在冬天是被遗弃的,却也别有风致。在一个隆冬里,我有一回偕友在汇泉闲步,在沙滩上走着走着累了,便倒在沙上晒太阳,和风吹着我们的脸。整个沙滩属于我们,没有旁人,最后来了一个老人向我们兜售他举着的冰糖葫芦。我们在近处一家餐厅用膳,还喝了两杯古拉索(柑香酒)。尽一日欢,永不能忘。

汇泉冬夜涨潮时,潮水冲上沙滩又急遽地消退,轰隆呜咽,往复不已。我有一个朋友赁居汇泉尽头,出户不数步就是沙滩,夜闻涛声不能入眠,匆匆移去。我想他也许没有想到,那就是观音说教的海潮音,乃觌面失之。

说来惭愧,"饮食之人"无论到了什么地方总是不能忘情口腹之欲。青岛好吃的东西很多。牛肉最好,销行国内外。德国人佛劳塞尔在中山路开一

餐馆，所制牛排我认为是国内第一。厚厚大大的一块牛排，煎得外焦里嫩，切开之后里面微有血丝。牛排上面覆以一枚嫩嫩的荷包蛋，外加几根炸番薯。这样的一份牛排，要两元钱，佐以生啤酒一大杯，依稀可以领略樊哙饮酒切肉之豪兴。内行人说，食牛肉要在星期三四，因为周末屠宰，牛肉筋脉尚生硬，冷藏数日则软硬恰到好处。佛劳塞尔店主善饮，我在一餐之间看他在酒桶之前走来走去，每经酒桶即取饮一杯，不下七八杯之数，无怪他大腹便便，如酒桶然。这是五十年前旧话，如今这个餐馆原址闻已变成邮局，佛劳塞尔如果尚在人间当在百龄以上。

青岛的海鲜也很齐备。像蚶、蛤、牡蛎、虾、蟹以及各种鱼类应有尽有。西施舌不但味鲜，名字也起得妙，不过一定要不惜工本，除去不入雅观的部分，专取其洁白细嫩的一块小肉，加以烹制，才无负于其美名，否则就近于唐突西施了。以清汤氽煮为上，不宜油煎爆炒。顺兴楼最善烹制此味，

远在闽浙一带的餐馆以上。我曾在大雅沟菜市场以六元市得鲥鱼一尾，长二尺半有奇，小口细鳞，似才出水不久，归而斩成几段，阖家饱食数餐，其味之腴美，从未曾有。菜蔬方面隽品亦多。蒲菜是自古以来的美味，《诗经》所说"其蔌维何，维笋及蒲"，蒲的嫩芽极细致清脆。青岛的蒲菜好像特别粗壮，以做羹汤最为爽口。再就是附近潍县的大葱，粗壮如甘蔗，细嫩多汁。一日，有客从远道来，止于寒舍，唯索烙饼大葱，他非所欲。乃如命以大葱进，切成段段，如甘蔗状，堆满大大一盘。客食之尽，谓乃平生未有之满足。青岛一带的白菜远销上海，短粗肥壮而质地细嫩。一般人称之为山东白菜。古人所称道的"春韭秋菘"，菘就是这大白菜。白菜各地皆有，种类不一，以山东白菜为最佳。

青岛不产水果，但是山东半岛许多名产以青岛为集散地。例如莱阳梨。此梨产在莱阳的五龙河畔，因沙地肥沃，故品质特佳。外表不好看。皮又粗糙，但其细嫩酥脆甜而多浆，绝无渣滓，美得令人难以相信。大的每个重十台两以上。再如肥城桃，皮破则汁流，真正是所谓水蜜桃，海内无其匹，吃一个抵得半饱。今之人多喜怀乡，动辄曰吾乡之梨如何，吾乡之桃如何，其夸张心理可以理解。但如食之以莱阳梨、肥城桃，两相比较，恐将哑然失笑。他如烟台之香蕉、苹果、玫瑰、葡萄，也是青岛市面上常见的上品。

一般山东人的特性是外表倔强豪迈，内心敦厚温和。宦场中人，大部分肉食者鄙，各地皆然，固无足论。观风问俗，宜对庶民着眼。青岛民风淳厚，每于细民中见之。我初到青岛，看到人力车夫从不计较车资，乘客下车一律付与一角，路程远则付二角，无争论者。这是全国所没有的现象。有人说这是德国人留下的无形的制度，无论如何这种作风能维持很久便是难能可贵。青岛市面上绝少讨价还价的恶习。虽然小事一端，代表意义很大。无怪乎有人感叹，齐鲁本是圣人之邦，青岛焉能不绍其余绪？

我家里请了一位厨师老张，他是一位异人。他的手艺不错，蒸馒头，烧牛尾，都很擅长。每晚膳事完毕，沐浴更衣外出，夜深始返。我看他面色苍白消瘦，疑其吸毒涉赌。我每日给他菜钱二元，有时候他只飨我以白菜豆腐之类，勉强可以果腹而已。我问他何以至此，他惨笑不答。过几天忽然大鱼大肉罗列满桌，俨若筵席，我又问其所以，他仍微笑不语。我懂了，一定是昨晚赌场大赢。几番叮问之后，他最后迸出这样的一句："这就是一点良心！"

我赁屋于鱼山路七号，房主王君乃铁路局职员，以其薄薪多年积蓄成此小筑。我于租满前三个月退租离去，仍依约付足全年租赁，王君坚不肯收，争执不已，声达户外。有人叹曰："此君子国也。"

我在青岛居住四年，往事如烟。如今隔了半个世纪，人事全非，山川有异。悬想可以久居之地，乃成为缥缈之乡！噫！

听戏听戏，不是看戏
一两段韵味十足的歌唱，便使人如醉如迷

从前在北平，大家都说听戏，不大说看戏。这一字之差，关系甚大。我们的旧戏究竟是以歌唱为主，所谓载歌载舞，那舞实在是比较没有什么可看的。我从小就喜欢听戏，常看见有人坐在戏园子的边厢下面，靠着柱子，闭着眼睛，凝神危坐，微微地摇晃着脑袋，手在轻轻地敲着板眼，聚精会神地欣赏那台上的歌唱，遇到一声韵味十足的唱，便像是挠着了痒处一般，从丹田里吼出一声："好！"若是发现唱出了错，便毫不容情地来一声倒好。这是真正的听众，是他来维系戏剧的水准于不坠。当然，他的眼睛也不是老闭着，有时也要睁开的。

生长在北平的人几乎没有不爱听戏的。我自然亦非例外。我起初是很怕戏园子的，里面人太多太挤，座位太不舒服。记得清清楚楚，文明茶园是我常去的地方，全是窄窄的条凳，窄窄的条桌，而并不面对舞台，要看台上的动作便要扭转脖子扭转腰。尤其是在夏天，大家都打赤膊，而我从小就没有光脊梁的习惯，觉得大庭广众之下赤身露体怪难为情，而你一经落座就有热心招待的茶房前来接衣服，给一个半劈的木牌子。这时节，你环顾四周，全是一扇一扇的肉屏风，不由你不随着大家而肉袒。前后左右都是肉，白皙皙的，黄澄澄的，黑黝黝的，置身其间如入肉林（那时候戏园里的客人全是男

性，没有女性）。这虽颇富肉感，但绝不能给人以愉快。戏一演便是四五个钟头，中间如果想要如厕，需要在肉林中挤出一条出路，挤出之后那条路便翕然而合，回来时需要重新另挤出一条进路。所以常视如厕如畏途，其实不是畏途，只有畏，没有途。

对戏园的环境并无须做太多的抱怨。任何样的环境，在当时当地，必有其存在的理由。戏园本称茶园，原是喝茶聊天的地方，台上的戏原是附带着的娱乐节目。乱哄哄的高谈阔论是无可厚非的。那原是三教九流呼朋唤友消遣娱乐之所在。孩子们到了戏园可以足吃，花生瓜子不必论，冰糖葫芦、酸梅汤、油糕、奶酪、豌豆黄……应有尽有。成年人的嘴也不闲着，条桌上摆着干鲜水果蒸食点心之类。卖吃食的小贩大声吆喝，穿梭似的挤来挤去，又受欢迎又讨厌。打热毛巾把的茶房从一个角落把一卷手巾挪到另一角落，我还没有看见过失手打了人家的头。特别爱好戏的一位朋友曾经表示，这是戏外之戏，那洒了花露水的手巾尽管是传染病的最有效的媒介，也还是不可或缺。

在这样的环境里听戏，岂不太苦？苦自管苦，却也乐在其中。放肆是我们中国固有的品德之一。在戏园里人人可以自由行动，吃、喝、谈话、吼叫、吸烟、吐痰、小儿哭啼、打喷嚏、打哈欠、揩脸、打赤膊，小规模地拌嘴吵架争座位，一概没有人干涉。在哪里可以找到这样安全的放肆的机会？看外国戏院观众之穿起大礼服肃静无哗，那简直是活受罪！我小时候进戏园，深感那是另一个世界，对干戏当然听不懂，只能欣赏丑戏武戏，打出手，递家伙，尤觉有趣。记得我最喜欢的是九阵风的戏如《百草山》《泗州城》之类，于是我也买了刀枪之类在家里和我哥哥大打出手，有一两招也居然练得不错。从三四张桌子上硬往下摔壳子的把戏，倒是没敢尝试。有一次模拟《打棍出箱》范仲禹把鞋一甩落在头上的情景，我哥哥一时不慎把一只大毛窝斜刺里踢在上房的玻璃上，哗啦一声，除了招致家里应有的责罚之外，惊醒了我的萌芽中的戏瘾戏迷。后来年纪稍长，又复常常涉足戏园，正赶上一批优秀的演员在台上献技，如陈德琳、刘鸿升、龚云甫、德珺如、裘桂仙、梅兰芳、杨小楼、王长林、王凤卿、王瑶卿、余叔岩等，我渐渐能欣赏唱戏的韵味了，觉得在那乱糟糟的环境之中熬上几小时还是值得一付的代价，只要能听到一两段韵味十足的歌唱，便觉得那抑扬顿挫使人如醉如迷，使全身血液的流行都为之舒畅匀称。研究西洋音乐的朋友也许要说这是低级趣味。我没有话可以抗辩，我只能承认这就是我们人民的趣味，而且大家都很安于这种趣味。这样乱糟糟的环境，必须有相当良好的表演艺术才能控制住听众的注意力。前几出戏都照例地是不足观，等到好戏上场，名角一露面，场里立刻鸦雀无声，不知趣的"酪来酪"声会被嘘的。受半天罪，能听到一段回肠荡气的唱儿，就很值得，"余音绕梁三日不绝"，确是真有那种感觉。

后来，不知怎么，老伶工一个个地凋谢了，换上来的是一批较年轻的角色，这时候有人喊要改良戏剧，好像艺术是可以改良似的。我只知道一种艺术形式过了若干年便老了，衰了，死了，另外滋生一个新芽，却没料到一种艺术于成熟衰老之后还可以改良。首先改良的是开放女禁，这并没有可反对的，可是一有女客之后，戏里面的涉有猥亵的地方便大大删除了，在某种意义上有人认为这好像是个损失。台面改变了，由凸出的三面的立体式的台变成了画框式的台了，新剧本出现了，新腔也编出来了，新的服装道具一齐来了。有一次看尚小云演《天河配》，这位高头大马的演员穿着紧贴身的粉红色的内衣裤做裸体沐浴状，观众乐得直拍手，我说："完了，完了，观众也变了！"有什么样的观众就有什么样的戏。听戏的少了，看热闹的多了。

　　我很早就离开北平，与戏也就疏远了，但小时候还听过好戏，一提起老生心里就泛起余叔岩的影子，武生是杨小楼，老旦是龚云甫，青衣是王瑶卿、梅兰芳，小生是德珺如，刀马旦是九阵风，丑是王长林……有这种标准横亘在心里，便容易兴起"除却巫山不是云"之感。我常想，我们中国的戏剧就像毛笔字一样，提倡者自提倡，大势所趋，怕很难挽回昔日的光荣。时势异也！

放风筝

放风筝是一件颇有情趣的事

偶见街上小儿放风筝，拖着一根棉线满街跑，嬉戏为欢，状乃至乐。那所谓风筝，不过是竹篾架上糊一点纸，一尺见方，顶多底下缀着一些纸穗，其结果往往是绕挂在街旁的电线上。

常因此想起我小时候在北平放风筝的情形。我对放风筝有特殊的癖好，从孩提时起直到三四十岁，遇有机会从没有放弃过这一有趣的游戏。在北平，放风筝有一定的季节，大约总是在新年过后开春的时候为宜。这时节，风劲而稳。严冬时风很大，过于凶猛，春季过后则风又嫌微弱了。开春的时候，蔚蓝的天，风不断地吹，最好放风筝。

北平的风筝最考究。这是因为北平的有闲阶级的人多，如八旗子弟，凡属耳目声色之娱的事物都特别发达。我家住在东城，东四南大街，在内务部街与史家胡同之间有一个二郎庙，庙旁边有一爿风筝铺，铺主姓于，人称"风筝于"。他做的风筝在城里颇有小名。我家离他近，买风筝特别方便。他做的风筝，种类繁多，如肥沙雁、瘦沙雁、龙井鱼、蝴蝶、蜻蜓、鲇鱼、灯笼、白菜、蜈蚣、美人儿、八卦、蛤蟆以及其他形形色色。鱼的眼睛是活动的，放起来滴溜溜地转，尾巴拖得很长，临风波动。蝴蝶、蜻蜓的翅膀也有软的，波动起来也很好看。风筝的架子是竹制的，上面绷起高丽纸面，讲究的要用绢绸，绘制很是精致，彩色缤纷。"风筝于"的出品，最精彩是"提线"拴得角度准确，放起来不"折筋斗"，平平稳稳。风筝小者三尺，大者一丈以上，通常在家里玩玩由三尺到七尺就很够。新年厂甸开放，风筝摊贩也很多，品质也还可以。

放风筝的线，小风筝用棉线即可，三尺以上就要用棉线数绺捻成的"小线"，小线也有粗细之分，视需要而定。考究的要用"老弦"：取其坚牢，而且分量较轻，放起来可以扭成直线，不似小线之动辄出一圆兜。线通常绕在竹制的可旋转的"线桄子"上。讲究的是硬木制的线桄子，旋转起来特别灵活迅速。用食指打一下，桄子即转十几转，自然地把线绕上去了。

有人放风筝，尤其是较大的风筝，常到城根或其他空旷的地方去，因为那里风大，一抖就起来了。尤其是那一种特制的巨型风筝，名为"拍子"，长方形的，方方正正没有一点花样，最大的没有超过九尺。北平的住宅都有个院子，放风筝时先测定风向，要有人带起一根大竹竿，竿顶置有铁叉头或铜叉头（即挂画所用的那种叉子），把风筝挑起，高高举起到房檐之上，等着风一来，一抖，风筝就飞上天去，竹竿就可以撤了，有时候风不够大，举竹竿的人还要爬上房去踞坐在房脊上面。有时候，费了不少手脚，而风姨不至，只好废然作罢，不过这种扫兴的机会并不太多。

风筝和飞机一样，在起飞的时候和着陆的时候最易失事。电线和树都是最碍事的，须善为躲避。风筝一上天，就没有事，有时候进入罡风境界，直不需用手牵着，大可以把线拴在屋柱上面，自己进屋休息，甚至拴一夜，明天再去收回。春寒料峭，在院子里久了会冻得涕泗交流，线弦有时也会把手指勒得青疼，甚至出血，是需要到屋里去休息取暖的。

风筝之"筝"字，原是一种乐器，似瑟而十三弦。所以顾名思义，风筝也是要有声响的，《询刍录》云："五代李邺于宫中做纸鸢，引线乘风为戏，后于鸢首以竹为笛，使风入竹，声如筝鸣，故名风筝。"这记载是对的。不过我们在北平所放的风筝，倒不是"以竹为笛"，带响的风筝是两种，一种是带锣鼓的，一种是带弦弓的，二者兼备的当然也不是没有。所谓锣鼓，即是利用风车的原理捶打纸制的小鼓，清脆可听。弦弓的声音比较更为悦耳。有诗为证：

夜静弦声响碧空，
宫商信任往来风。
依稀似曲才堪听，
又被移将别调中。
——（唐）高骈《风筝》

我以为放风筝是一件颇有情趣的事。人生在世上，局促在一个小圈圈里，大概没有不想偶然远走高飞一下的。出门旅行，游山逛水，是一个办法，然亦不可常得。放风筝时，手牵着一根线，看风筝冉冉上升，然后停在高空，这时节仿佛自己也跟着风筝飞起了，俯瞰尘寰，怡然自得。我想这也许是自己想飞而不可得，一种变相的自我满足罢。春天的午后，看着天空飘着别人家放起的风筝，虽然也觉得很好玩，究不若自己手里牵着线的较为亲切，那风筝就好像是载着自己的一片心情上了天。真是的，在把风筝收回来的时候，心里泛起一种异样的感觉，好像是游罢归来，虽然不是扫兴，至少也是尽兴之后的那种疲惫状态，懒洋洋的，无话可说，从天上又回到了人间。从天上翱翔又回到匍匐地上。

放风筝还可以"送幡"（俗呼为"送饭儿"）。用铁丝圈套在风筝线上，圈上附一长纸条，在放线的时候铁丝圈和长纸条便被风吹着慢慢地滑上天去，纸幡在天空飞荡，直到抵达风筝脚下为止。在夜间还可以把一盏一盏的小红灯笼送上去，黑暗中不见风筝，只见红灯朵朵在天上游来游去。

放风筝有时也需要一点点技巧。最重要的是在放线松弛之间要控制得宜。风太劲，风筝陡然向高处跃起，左右摇晃，把线拉得绷紧，这时节一不小心风筝便会倒栽下去。栽下去不要慌，赶快把线一松，它立刻又会浮起，有时候风筝已落到视线所不能及的地方，依然可以把它挽救起来，凡事不宜操之过急，放松一步，往往可以化险为夷，放风筝亦一例也。技术差的人，看见风筝要栽筋斗，便急忙往回收，适足以加强其危险性，以至于不可收拾。风筝落在树梢上也不要紧，这时节也要把线放松，乘风势轻轻一扯便会升起，性急的人用力拉，便愈纠缠不清，直到把风筝扯碎为止。在风力弱的时候，风筝自然要下降，线成兜形，便要频频扯抖，尽量放线，然后再及时收回，一松一紧，风筝可以维持不坠。

好斗是人的一种本能。放风筝时也可表现出战斗精神。发现邻近有风筝飘起，如果位置方向适宜，便可向它斗争。法子是设法把自己的风筝放在对方的线兜之下，然后猛然收线，风筝陡地直线上升，势必与对方的线兜交缠在一起，两只风筝都摇摇欲坠，双方都急于向回扯线，这时候就要看谁的线粗，谁的手快，谁的地势优了。优胜的一方面可以扯回自己的风筝，外加一只俘虏，可能还有一段的线。我在一季之中，时常可以俘获四五只风筝。把俘获的风筝放起，心里特别高兴，好像是在炫耀自己的胜利品，可是有时候战斗失利，自己的风筝被俘，过一两天看着自己的风筝在天空飘荡，那便又是一种滋味了。这种斗争并无伤于睦邻之道，这是一种游戏，不发生侵犯领空的问题。并且风筝也只好玩一季，没有人肯玩隔年的风筝。迷信说隔年的风筝不吉利，这也许是卖风筝的人造的谣言。

台北家居
台北是一个住家的好地方

"长安米贵，居大不易"，原是调侃白居易名字的戏语。台北米不贵，可是居也不易。三十八年左右来台北定居的人，大概都有一个共同的感觉，觉得一生奔走四方，以在台北居住的这一段期间为最长久，而且也最安定。不过台北家居生活，三十多年中，也有不少变化。

我幸运，来到台北三天就借得一栋日式房屋。约有三十多坪（编者注：土地或房屋面积单位，1坪约合3.3平方米，用于台湾地区，后同），前后都有小小的院子，前院有两棵香蕉，隔着窗子可以窥视累累的香蕉长大，有时还可以静听雨打蕉叶的声音。没有围墙，只有矮矮的栅门，一推就开。室内铺的是榻榻米，其中吸收了水汽不少，微有霉味，寄居的蚂蚁当然密度很高。没有纱窗，蚊蚋出入自由，到了晚间没有客人敢赖在我家久留不去。"衡门之下，可以栖迟"。不久，大家的生活逐渐改良了，铁丝纱、尼龙纱铺上了窗栏，很多人都混上了床，藤椅、藤沙发也广泛地出现，榻榻米店铺被淘汰了。

在未装纱窗之前，大白昼我曾眼看着一个穿长衫的人推我栅门而入，他不敲房门，径自走到窗前伸手拿起窗台上放着的一只闹钟，扬长而去。我追出去的时候，他已经一溜烟地跑了。这不算偷，不算抢，只是不告而取，而且取后未还，好在这种事起初不常有。窃贼不多的原因之一是一般人家里没有多少值得一偷的东西。我有一位朋友一连遭窃数次，都是把他床上铺盖席卷而去，对于一个身无长物的人来说，这也不能不说是损失惨重了。我家后来也蒙梁上君子惠顾过一回，他闯入厨房搬走一只破旧的电锅。我马上买了一只新的，因为要吃饭不可一日无此君。不是我没料到拿去的破锅不足以厌其望，并且会受到师父的辱骂，说不定会再来找补一点什么，而是我大意了，没有把新锅藏起来，果然，第二天夜里，新锅不翼而飞。此后我就坚壁清野，把不愿被人携去的东西妥为收藏。

中等人家不能不雇用人，至少要有人负责炊事。此间乡间少女到城市帮佣，原来很大部分是想借此摄取经验，以为异日主持中馈的准备，所以主客相待以礼，各如其分。这和雇用三河县老妈子就迥异其趣了。可是这种情况急遽变化，工厂多起来了，商店多起来了，到处都需要女工，人孰无自尊，谁也不甘长久地为人"断苏切脯，筑肉臑芋"。于是供求失调，工资暴涨，而且服务的情形也不易得到雇主的满意。好多人家都抱怨，佣人出去看电影要为她等门；她要交男友，不胜其扰；她要看电视，非看完一切节目不休；她要休假、返乡、借支；她打破碗盏不作声；她敞开水管洗衣服。在另一方面，她也有她的抱怨：主妇碎嘴唠叨，而且服务项目之多恨不得要向王褒的《僮约》看齐，"不得辰出夜入，交关伴偶"。总之，不久缘尽，不欢而散的居多。此今局面不同了。多数人家不用女工，最多只用半工，或以钟点计工。不少妇女回到厨房自主中馈。懒的时候打开冰箱取出陈年膳菜或是罐头冷冻的东西，不必翻食谱，不必起油锅，拼拼凑凑，即可度命。馋的时候，阖家外出，台北餐馆大大小小一千四百余家，平津、宁浙、淮扬、川、湘、粤，任凭选择，牛肉面、自助餐，也行。妙在所费不太多，孩子们皆大欢喜，主妇怡然自得，主男也无须拉长驴脸站在厨房水槽前面洗盘碗。

台北的日式房屋现已难得一见，能拆的几乎早已拆光。一般的人家居住在四楼的公寓或七楼以上的大厦。这种房子实际上就像是鸽窝蜂房。通常前面有个几尺宽的小阳台，上面排列几盆尘灰渍染的花草，恹恹无生气，楼上浇花，楼下落雨，行人淋头。后面也有个更小的阳台，悬有衣裤招展的万国旗。客人来访，一进门也许抬头看见一个倒挂着的"福"字，低头看到一大堆半新不旧的拖鞋——也许要换鞋，也许不要换，也许主人希望你换而口里说不用换，也许你不想换而问主人要不要换，也许你硬是不换而使主人瞪你一眼。客来献茶？没有那么方便的开水，都是利用热水瓶。盖碗好像早已失传，大部分是使用玻璃杯。其实正常的人家，客已渐渐稀少，谁也没有太多的闲暇串门子闲磕牙，有事需要先期电话要约。杜甫诗："但使残年饱吃饭，只愿无事常相见"，现在不行，无事为什么还要常相见？

"千金买房，万金买邻"，话是不错，但是谈何容易？谁也料不到，楼上一家偶尔要午夜跳舞，蓬拆之声盈耳；隔壁一家常打麻将，连战通宵；对门一家养哈巴狗，不分晨夕地吠影吠声，一位新来的住户提出抗议，那狗主人愤然作色说："你搬来多久？我的狗在此已经吠了两年多。"街坊四邻不断地有人装修房屋，而且要装修得像电视综艺节目的背景，敲敲打打历时经旬不止。最可怕的是楼下开了一家汽车修理厂，日夜服务，不但叮叮当当响起敲打乐，而且漆髹焊接一概俱全，马达声、喇叭声不绝于耳。还有葬车出殡，一路上有音乐伴奏，不时地燃放爆竹，更不幸的是邻近有人办白事，连夜地诵经放焰火，那就更不得安生了。"大隐隐朝市"，我有一位朋友想"小隐隐陵薮"，搬到乡野，一走了之，但是立刻就有好心的人劝阻他说："万万不可，乡下无医院，万一心脏病发，来不及送院急救，怕就要中道崩殂！"我的朋友吓得只好客居在红尘万丈的闹市之中。

家居不可无娱乐。卫生麻将大概是一些太太的天下。说它卫生也不无道理，至少上肢运动频数，近似蛙式游泳。只要时间不太长、输赢不大，十圈八圈地通力合作，总比在外面为非作歹、伤风败俗要好得多。公务人员与知识分子也有乐此不疲者。梁任公先生说过"只有打麻将能令我忘却读书，只有读书能令我忘却打麻将"。我们觉得饱学如梁先生者，不妨打打麻将。也许电视是如今最受欢迎的家庭娱乐了，只要具有初高中程度，或略识之无，甚至文盲，都可以欣赏。当然，胃口需要相当强健，否则看了一些狰眉皱眼怪模怪样而自以为有趣的面孔，或是奇装异服不男不女蹦蹦跳跳的人妖，岂不要作呕？年轻的一代，自有他们的天地，郊游、露营、电影院、舞厅、咖啡馆，都是赏心悦目的胜地，家庭有娱乐，对他们而言，恐怕是渐渐地认为不大可能了。

五十多年前，丁西林先生对我说，他理想中的家庭具备五个条件：一是糊涂的老爷，二是能干的太太，三是干净的孩子，四是和气的佣人，五是二十四小时的热水供应。这是他个人的理想，但也并非是笑话。他所谓糊涂，当然是"小事糊涂，大事不糊涂"；所谓能干是指里里外外上上下下一手承担；所谓干净是说穿戴整洁不淌鼻涕；所谓和气是吃饱喝足之后所自然流露出来的一股温暖；至于热水供应，则是属于现代设备的问题。如果丁先生现住台北，他会修正他的理想。旧时北平中上之家讲究"天棚、鱼缸、石榴树、朱牛、肥狗、胖丫头"，那理想更简单了。台北家居，无所谓天棚，中上人家都有冷气，热带鱼和金鱼缸各有情趣，石榴树不见得不如兰花，家里请先生则近似恶补，养猫养狗更是稀松平常，病了还有猫狗专科医院可以就诊（在外国见到的猫狗美容院此地尚付阙如），胖丫头瘦丫头制度已不存在,遑论胖与不胖?说不定胖了还要设法减肥。

台北家居是相当安全的。舞动长刀扁钻杀人越货的事常有所闻,不过独行盗登门抢劫的事是少有的。像某些国家之动辄抢银行、劫火车,则此地之安谧甚为显然。夜不闭户是办不到的,好多人家窗上装了栅栏甘愿尝受铁窗风味,也无非是戒慎预防之意。至于流氓滋事,无地无之,是非之地少去便是。台北究竟是一个住家的好地方。

双城记

台北与西雅图，一点浅显的感受或观察

这"双城记"与狄更斯的小说《二城故事》无关。

我所谓的双城是指我们的台北与美国的西雅图。对这两个城市，我都有一点粗略的认识。在台北我住了三十多年，搬过六次家，从德惠街搬到辛亥路，吃过拜拜，挤过花朝，游过孔庙，逛过万华，究竟所知有限。高阶层的灯红酒绿，低阶层的褐衣蔬食，接触不多，平夙交游活动的范围也很狭小，疏慵成性，画地为牢，中华路以西即甚少涉足。西雅图（简称西市）是美国西北部一大港口，若干年来我曾访问过不下十次，居留期间长则三两年，短则一两月，闭门家中坐的时候多，因为虽有胜情而无济胜之具，即或驾言出游，也不过是浮光掠影。所以我说我对这两个城市，只有一点粗略的认识。

我向不欲侈谈中西文化，更不敢妄加比较。只因所知不够宽广，不够深入。中国文化历史悠久，不是片言可以概括；西方文化也够博大精深，非一时一地的一鳞半爪所能代表。我现在所要谈的只是就两个城市，凭个人耳目所及，一些浅显的感受或观察。"贤者识其大，不贤者识其小"，如是而已。两个地方的气候不同。台北地处亚热带，又是一个盆地，环市皆山。我从楼头俯瞰，常见白茫茫的一片，好像有"气蒸云梦泽"的气势。到了黄梅天，衣服被褥总是湿漉漉的。夏季午后常有阵雨，来得骤，去得急，雷电交掣之后，雨过天晴。台风过境，则排山倒海，像是要耸散穹隆，应是台湾一景，台北也偶叨临幸。西市在美国西北隅海港内，其纬度相当于我国东北之哈尔滨与齐齐哈尔，赖有海洋暖流调剂，冬天虽亦雨雪霏霏而不至于酷寒，夏季则早晚特凉，夜眠需拥重毯。也有连绵的淫雨，但晴时天朗气清，长空万里。我曾见长虹横亘，作一百八十度，罩盖半边天。凌晨四时，曒出东方，日薄崦嵫要在晚间九时以后。

我从台北来，着夏季衣裳，西市机场内有暖气，尚不觉有异，一出机场大门立刻觉得寒气逼人，家人乃急以厚重大衣加身。我深吸一口大气，沁入肺腑，有似冰心在玉壶。我回到台北去，一出有冷气的机场，熏风扑面，遍体生津，俨如落进一镬热粥糜。不过，人各有所好，不可一概而论。我认识一位生长台北而长居西市的朋友，据告非常想念台北，想念台北的一切，尤其是想念台北夏之黏湿燠热的天气。

西市的天气干爽，凭窗远眺，但见山是山，水是水，红的是花，绿的是叶，轮廓分明，纤微毕现，而且色泽鲜艳。我们台北路边也有树，重阳木、霸王椰、红棉树、白千层……都很壮观，不过树叶上蒙了一层灰尘，只有到了阳明山才能看见像打了蜡似的绿叶。

西市家家有烟囱，但是个个烟囱不冒烟。壁炉里烧着火光熊熊的大木橛，多半是假的，是电动的机关。晴时可以望见积雪皑皑的瑞尼尔山，好像是浮在半天中，北望喀斯开山脉若隐若现。台北则异于是。很少人家有烟囱，很多人家在房顶上、在院子里、在道路边烧纸、烧垃圾，东一把火西一股烟，大有"昼燔燧，夜举烽"之致。凭窗亦可看山，我天天看得见的是近在咫尺的蟾蜍山。近山绿，远山青。观音山则永远是淡淡的一抹花青，大屯山则更常是云深不知处了。不过我们也不可忘记，圣海伦斯火山爆发，如果

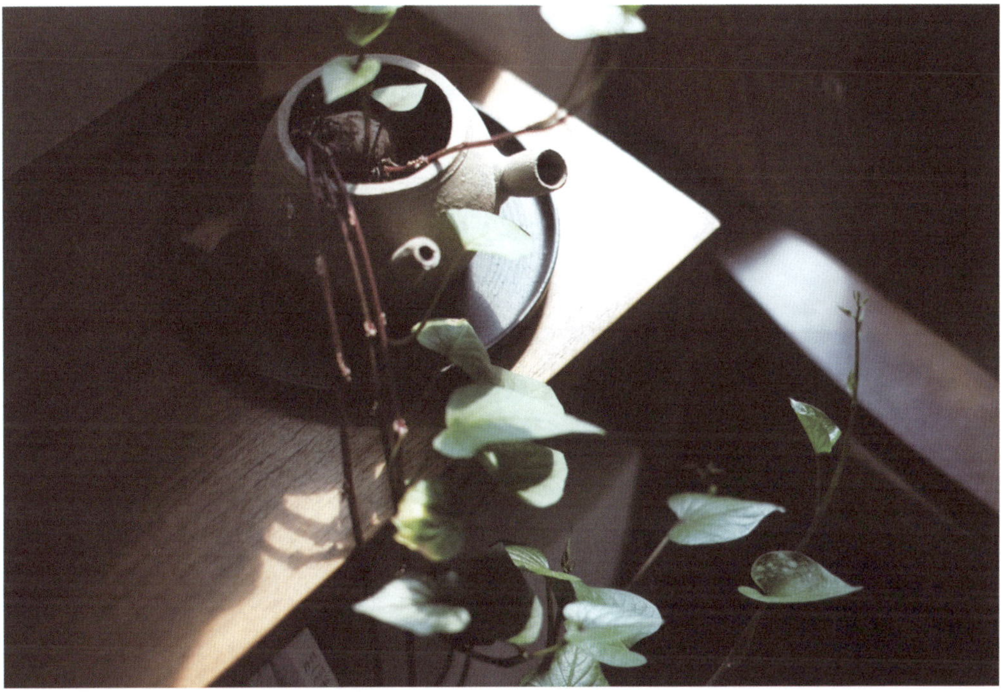

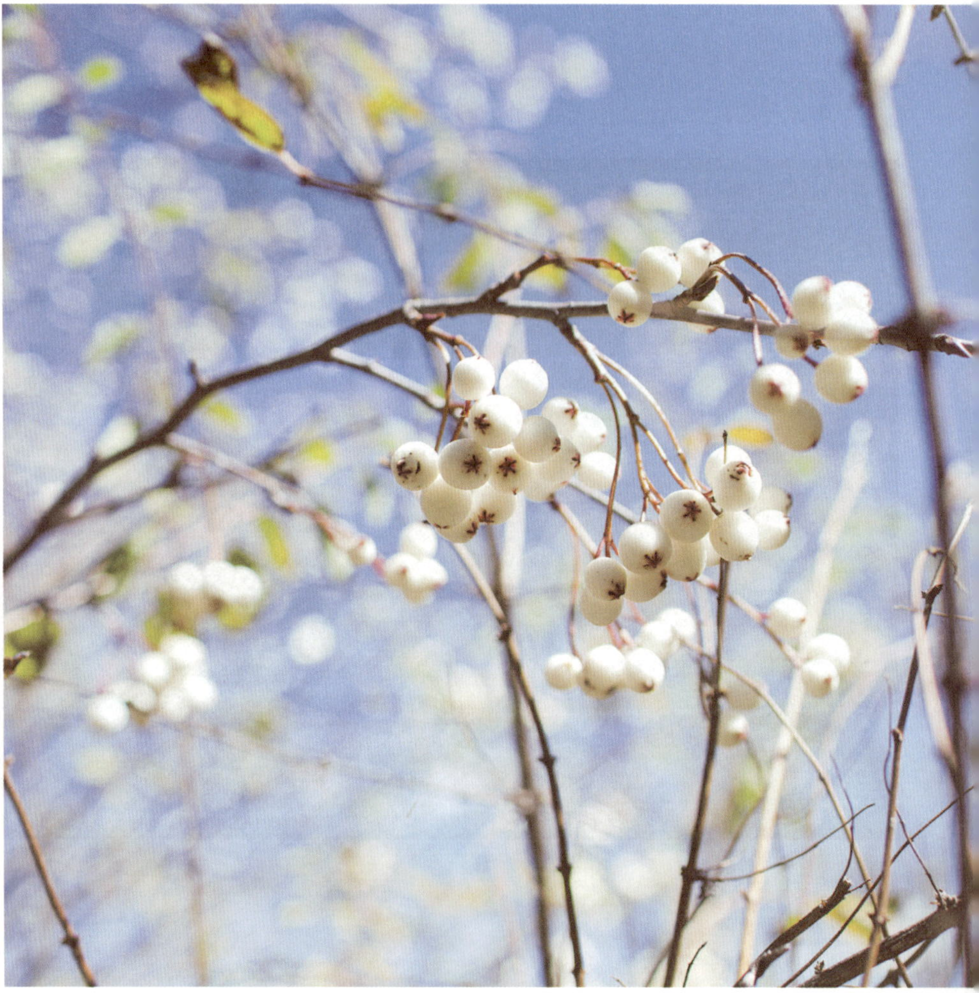

"老子爱花成癖",这话我不敢说。爱花则有之,成癖则谈何容易。需要有一块良好的场地,有一间宽敞的温室,有各种应用的器材。更重要的是有健壮的体格,和充分的闲暇。

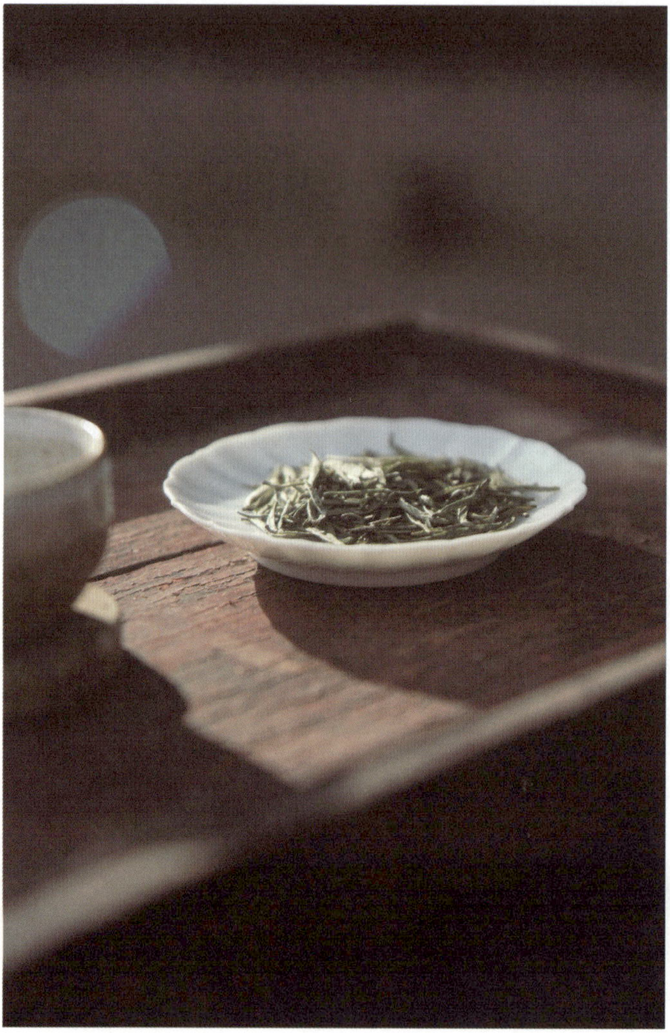

风向稍偏一点，西市也会变得灰头土脸！

对于一个爱花木的人来说，两城各有千秋。西市有著名的州花山杜鹃，繁花如簇，光艳照人，几乎没有一家庭园间不有几棵点缀。此外如茶花、玫瑰、辛夷、球茎海棠，也都茁壮可喜。此地花厂很多，规模大而品类繁。最难得的是台湾气候养不好的牡丹，此地偶可一见。友人马逢华伉俪精心培植了几株牡丹，黄色者尤为高雅，我今年来此稍迟，枝头仅余一朵，蒙剪下见贻，案头瓶供，五日而谢。严格讲，台北气候、土壤似不特宜莳花，但各地名花荟萃于是。如台北选举市花，窃谓杜鹃宜推魁首。这杜鹃不同于西市的山杜鹃，体态轻盈小巧，而又耐热耐干。台北艺兰之风甚盛，洋兰、蝴蝶兰、石斛兰都穷极娇艳，到处有之，唯花美叶美而又有淡淡幽香者为素心兰，此所以被人称为"君子之香"而又可以入画。水仙也是台北一绝，每逢新年，岁朝清供之中，凌波仙子为必不可少之一员。以视西市之所谓水仙，路旁泽畔一大片一大片的临风招展，其情趣又大不相同。

夜不闭户，路不拾遗，乃想象中的大同世界，古今中外从来没有过一个地方真正实现过。人性本有善良一面、丑恶一面，故人群中欲其"不稂不莠"，实不可能。大体上能保持法律与秩序，大多数人民能安居乐业，就算是治安良好，其形态、其程度在各地容有不同而已。

台北之治安良好是举世闻名的。我于三十几年之中，只轮到一次独行盗公然登堂入室，抢夺了一只手表和一把钞票，而且他于十二小时内落网，于十二日内伏诛。而且在我奉传指证人犯的时候，他还对我说了一声"对不起"。至于剪绺扒窃之徒，则何处无之？我于三十几年中只失落了三支自来水笔，一次是在动物园看蛇吃鸡，一次是在公共汽车里，一次是在成都路行人道上。都怪自己不小心。此外家里蒙贼光顾若干次，一共只损失了两具大同电锅，也许是因为寒舍实在别无长物。"大搬家"的事常有所闻，大概是其中琳琅满目值得一搬。台北民房窗上多装铁栅，其状不雅，火警时难以逃生，久为中外人士所诟病。西市的屋窗皆不装铁栏，而且没有围墙，顶多设短栏栅防狗。可是我在西市下榻之处，数年内即有三次昏夜中承蒙嬉皮之类的青年以啤酒瓶砸烂玻璃窗，报警后，警车于数分钟内到达，开一报案号码由事主收执，此后也就没有下文。衙门机关的大扇门窗照砸，私人家里的窗户算得什么！银行门口大型盆树也有人夤夜搬走。不过说来这都是癣疥之疾。明火抢银行才是大案子，西市也发生过几起，报纸上轻描淡写，大家也司空见惯，这是台北所没有的事。

  台北市虎，目中无人，尤其是拼命三郎所骑的嘟嘟响冒青烟的机车，横冲直撞，见缝就钻，红砖道上也常如虎出柙。谁以为斑马线安全，谁可能吃眼前亏。有人说这里的交通秩序之乱甲于全球，我没有周游过世界，不敢妄言。西市的情形则确是两样，不晓得一般驾车的人为什么那样地服从成性，见了"停"字就停，也不管前面有无行人、车辆。时常行人过街，驾车的人停车向你点头挥手，只是没听见他说"您请！您请！"我也见过两车相撞，奇怪的是两方并未骂街，从容地交换姓名、住址及保险公司的行号，分别离去，不伤和气。也没有聚集一大堆人看热闹。可是谁也不能不承认，台北的计程车满街跑，呼之即来，方便之极。虽然这也要靠运气，可能司机先生蓬首垢面、跣足拖鞋，也可能嫌你路程太短而怨气冲天，也可能他的车座年久失修而坑洼不平，也可能他烟瘾大发而火星烟屑飞落到你的胸襟，也可能他看你可欺而把车开到荒郊野外掏出一把起子而对你强……不过这是难得一遇的事。在台北坐计程车还算是安全的，比行人穿越马路要安全得多。西市计程车少，是因为私有汽车太多，物以稀为贵，所以清早要雇车到飞机场，需

"美食者不必是饕餮客"——美食者重在食物的质,而非量。

要前一晚就要洽约，而且车费也很高昂，不过不像我们桃园机场的车那样地乱。

吃在台北，一说起来就会令许多老饕流涎三尺。大小餐馆林立，各种口味都有，有人说中国的烹饪艺术只有在台湾能保持于不坠。这个说起来话长。目前在台北的厨师，各省籍的都有，而所谓北方的、宁浙的、广东的、四川的等餐馆掌勺的人，一大部分未必是师承有自的行家，很可能是略窥门径的二把刀。点一个辣子鸡、醋熘鱼、红烧鲍鱼、回锅肉……立刻就可以品出其中含有多少家乡风味。也许是限于调货，手艺不便施展。例如烤鸭，就没有一家能够水准，因为根本没有那种适宜于烤的鸭。大家思乡嘴馋，依稀仿佛之中觉得聊胜于无而已。整桌的酒席，内容丰盛近于奢靡，可置不论。平民食物，事关大众，才是我们所最关心的。台北的小吃店大排档常有物美价廉的各地食物。一般而论，人民食物在质量上尚很充分，唯在营养、卫生方面则尚有待改进。一般的厨房炊具、用具、洗涤、储藏，都不够清洁。有人进餐厅，先察看其厕所及厨房，如不满意，回头就走，至少下次不再问津。我每天吃油条烧饼，有人警告我："当心烧饼里有老鼠屎！"我翌日细察，果然不诬，吓得我好久好久不敢尝试，其实看看那桶既浑且黑的洗碗水，也就足以令人趑趄不前了。

美国的食物，全国各地无大差异。常听人讥评美国人文化浅，不会吃。有人初到美国留学，穷得日以罐头充饥，遂以为美国人的食物与狗食无大差异。事实上，有些嬉皮还真是常吃狗食罐头，以表示其箪食瓢饮的风度。美国人不善烹调，也是事实，不过以他们的聪明才智，如肯下功夫于调和鼎鼐，恐亦未必逊于其他国家。他们的生活紧张，凡事讲究快速和效率，普通工作的人，午餐时间由半小时至一小时，我没听说过身心健全的人还有所谓午睡。他们的吃食简单,他们也有类似便当的食盒,但是我没听说过蒸热便当再吃。他们的平民食物是汉堡三明治、热狗、炸鸡、炸鱼、比萨等,价廉而快速简便,随身有五指钢叉,吃过抹抹嘴就行了,说起汉堡三明治,我们台北也有,但是偷工减料,相形见绌。麦唐奴的大型汉堡,里面油多肉多菜多,厚厚实实,拿在手里滚热,吃在口里喷香。我吃过两次赫尔飞的咸肉汉堡三明治,体形更大,双层肉饼,再加上几条部分透明的咸肉、番茄、洋葱、沙拉酱,需要把嘴张大到最大限度方能一口咬下去。西市滨海,蛤王、蟹王,各种鱼、虾,以及江珧柱等,无不鲜美。台北有蚵仔煎,西市有蚵羹,差可媲美。肯德基炸鸡,面糊有秘方,台北仿制像是东施效颦一无是处。西市餐馆不分大小,经常接受清洁检查,经常有公开处罚勒令改进之事,值得令人喝彩,卫生行政人员显然不是尸位素餐之辈。

台北的牛排馆不少,但是求其不像是皮鞋底而能咀嚼下咽者并不多觏。西市的牛排大致软韧合度而含汁浆。居民几乎家家后院有烤肉的设备,时常一家烤肉三家香,不必一定要到海滨、山上去燔炙,这种风味不是家居台北者所能领略。

西雅图地广人稀,历史短而规模大,住宅区和商业区有相当距离。五十多万人口,就有好几十处公园。市政府与华盛顿大学共有的植物园就在市中心区,真所谓闹中取静,尤为难得可贵。海滨的几处公园,有沙滩,可以掘蛤,可以捞海带,可以观赏海鸥飞翔,渔舟点点。义勇兵公园里有艺术馆(门前立着的石兽翁仲是从中国搬去的),有温室(内有台湾的兰花)。到处都有原始森林保存剩下的参天古木。西市是美国西北部荒野边陲开辟出来的一个现代都市。我们的台北是一个古老的城市,突然繁荣发展,以致到处有张皇失措的现象。房地价格在西市以上。楼上住宅,楼下可能是乌烟瘴气

的汽车修理厂，或是铁工厂，或是洗衣店。横七竖八的市招令人眼花缭乱。

大街道上摊贩云集，是台北的一景，其实这也是古老传统"市集"的遗风。古时日中为市，我们是入夜摆摊。警察来则哄然而逃，警察去则蜂然复聚。买卖双方怡然称便。有几条街的摊贩已成定型，各有专营的行当，好像没有人取缔。最近，一些学生也参加了行列，声势益发浩大。西市没有摊贩之说，人穷急了抢银行，谁肯搏此蝇头之利？不过海滨也有一个少数民族麇集的摊贩市场，卖鱼鲜、菜蔬、杂货之类，还不时地有些大胡子青年弹吉他唱曲，在那里助兴讨钱。有一回我在那里的街头徘徊，突闻一缕异香袭人，发现街角有推车小贩，卖糖炒栗子，要二角五分一颗，他是意大利人。这和我们台北沿街贩卖烤白薯的情形颇为近似。也曾看见过推车子卖油炸圈饼的。夏季，住宅区内偶有三轮汽车丁零零响地缓缓而行，逗孩子们从家门飞奔出来买冰淇淋。除此以外，住宅区一片寂静，巷内少人行，门前车马稀，

没听过汽车喇叭响，哪有我们台北热闹？

　　西市盛产木材，一般房屋都是木造的，木料很坚实，围墙栅栏也是木造的居多。一般住家都是平房，高楼公寓并不多见。这和我们的四层公寓、七层大厦的景况不同。因此，家家都有前庭后院，家家都割草莳花，而很难得一见有人在阳光下晒晾衣服。讲到衣服，美国人很不讲究，大概只有银行职员、政府官吏、公司店伙才整套西装打领结。如果遇到一个中国人服装整齐，大概可以料想他是刚从台湾来。从前大学校园里，教授的特殊标志是打领结，现已不复然，也常是随随便便的一副褴褛相。所谓"汽车房旧物发卖"或"慈善性义卖"之类，有时候五角钱可以买到一件外套，一元钱可以买到一身西装，还相当不错。

　　西市的垃圾处理是由一家民营公司承办。每星期固定一日有汽车挨户收取，这汽车是密闭的，没有我们台北垃圾车之"少女的祈祷"的乐声，司机

061

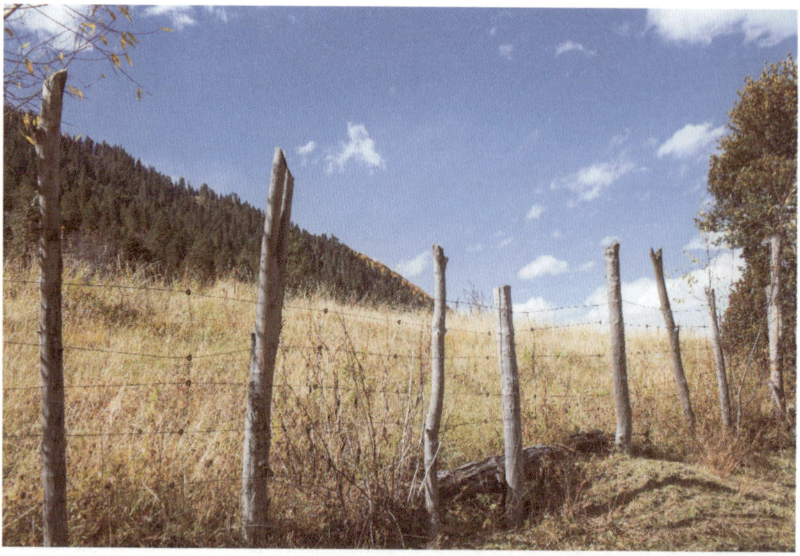

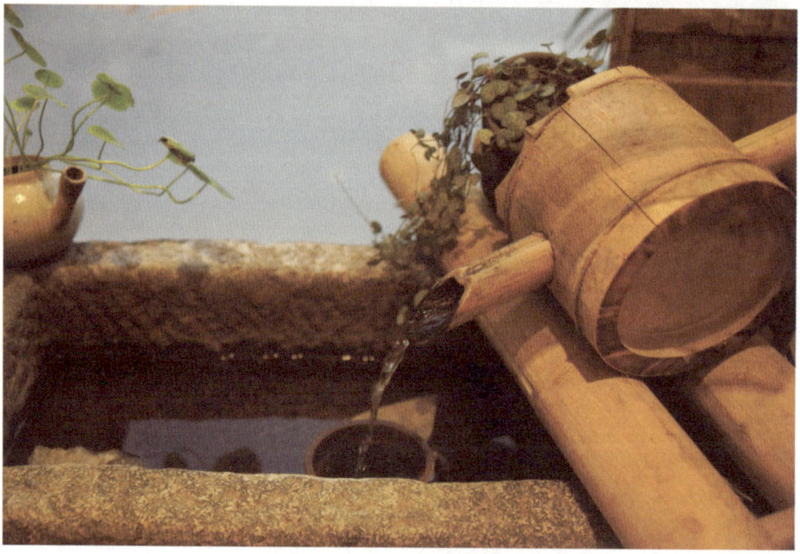

一声不响跳下车来把各家门前的垃圾桶扛在肩上往车里一丢，里面的机关发动就把垃圾辗碎了。在台北，一辆垃圾车配有好几位工人，大家一面忙着搬运一面忙着做垃圾分类的工作，塑胶袋放在一堆，玻璃瓶又是一堆，厚纸箱又是一堆。最无用的垃圾运到较偏僻的地方摊堆开来，还有人做第二梯次的爬梳工作。

西市的人喜欢户外生活，我们台北的人好像是偏爱室内的游戏。西市湖滨的游艇蚁聚，好多汽车顶上驮着机船满街跑。到处有人清晨慢跑，风雨无阻。滑雪、爬山、露营，青年人趋之若鹜。山难之事似乎不大听说。

不知是谁造了"月亮外国的圆"这样一句俏皮的反语，挖苦盲目崇洋的人。偏偏又有人喜欢搬出杜工部的一句诗"月是故乡圆"，这就有点画蛇添足了。何况杜诗原意也不是说故乡的月亮比异地的圆，只是说遥想故乡此刻也是月圆之时而已。我所描写的双城，瑕瑜互见，也许揭了自己的疮疤，长了他人的志气，也许没有违反见贤思齐闻过则喜的道理，唯读者谅之。

几个人能像猫似的心无牵挂，吃时吃，睡时睡，而无闲事挂心头？

PART

02

一草一木，
一虫一鱼，
皆是生活

与动物为友

付出一片爱，便是收获，便是满足

我记得有人说过这样一句话："我越认识的人多，我越爱我的狗。"这句话未免玩世不恭，真的人不如狗么？

有时候，真的是人不如狗。今年三月二十八日报纸上刊载一条新闻，标题是《土狗小黑，情深义重》，内容大致如下："苗栗通霄有一位妇人病逝，她生前养的一条狗小黑，不但为她守灵九天，而且不吃任何食物，出殡那天还流着泪送女主人到墓地。"我看到这条新闻，我的泪也流下来了。想想看世上有多少忘恩负义的人！

养犬的故事，一向很多，至今不绝。猫不及狗之义，但也有感人的行径。我认识一个人，他家中养一只猫，因生活环境不许可，决计把它抛弃，开汽车送它到远远的山区，把它弃置在荒郊。想不到一个多星期后它回到了家门，污脏瘠瘦，奄奄一息。主人从此收容它，再也不肯抛弃它。猫知道恋家。"狗不嫌家贫"，猫也不嫌。

义犬灵猫的故事，足以感人，兼可风世。究竟是少有的事，所以成为新闻。我们爱好小动物，豢养猫狗之类视为宠物，动机是单纯的，既非为利，亦非图报。只是看着活生生的小动物，心里油然而生一股怜爱，所以就收养它，为它尽心尽力，耗时耗财，而无所惜。付出一片爱便是收获，便是满足。

爱是纯洁而天真的，小孩子最纯洁天真，所以小孩子最爱小动物。我小时候，祖父母养两只哈巴狗，名为"乌云儿"，因为是浑身黑色。长毛矮脚，大眼塌鼻，除了睡便是欢蹦乱跳，汪汪地叫。但是两条狗经常关在上房，小孩子不能随便进入上房，所以我难得有亲近乌云儿的机会，有机会看见它们时我必定抚摩它们，引以为荣。可怜狗寿不永，我年稍长，狗已老死。我家里还有一只猴子，经常有铁链系着，夜晚放进笼子，入冬引入厨房。我喂它花生，投以水果，我喜欢看它的那副急切满足的吃相。过了几年猴子也生病而亡。我怜悯它一生在缧绁之中没有行动的自由。

我长大之后，为了衣食奔走四方，自顾不暇，没有心情养小动物。直到我来到台湾之后生活才算安定，于是养鸡、养鱼、养鸟都一起来了。最近十年来开始养猫，都是菁清从户外抱进来的无主的小猫，先是白猫王子，随后是黑猫公主，最后是小花。若不是我叫停，可能还要继续增加猫口。这三只猫，个性不同，嗜好亦异。白猫厚重，小花粗野，黑猫刁钻。都爱吃沙丁，偶尔也爱吃烤鸭熏鸡，黑猫还要经常吃鸡肝。菁清一天至少要费三四小时给它们刷洗清洁，无怨言，无倦色。有人问我们："你们的猫如此地宠贵，是哪一国的名种？"我告诉他："和你我一样，都是土生土长的本国土种。"土种自有土种的尊严。

三只猫已经动支了菁清和我的供应能力到了极限，不可能再养狗或其他。因此，我在各处读到丘秀芷女士的文章，描写她养猫养狗养兔养鸟的经验，我就非常钦佩她的爱心的广大，普及于那样多的小动物。最令我惊异的是她也养龟。她花二百元买一只龟，和猫狗一起养，到时候会应呼叫而出来吃饭，到时候会听见水声而出来洗澡，她称之为"灵龟"，谁曰不宜？后来那只龟失踪了，她为之怅惘不已。人与宠物，皆是夙缘。缘有尽时，可为奈何！

现在丘秀芷女士的文章四十二篇集结成书，书名《我的动物朋友》，都是叙说她对她的小动物的爱，其中也有些篇是我所未曾读过的。一个人怀有这样多的爱，其文字之婉约流利，自不待言。书成，属序于余。忝有同好，遂赘数言于此以为介。

白猫王子

如果你拥有一只你所宠爱的猫，你就会觉得满足

白猫王子五岁

五年前的一个夜晚，菁清从门外檐下抱进一只小白猫，时蒙雨凄凄，春寒尚厉。猫进到屋里，仓皇四顾，我们先飨以一盘牛奶，它舔而食之。我们揩干了它身上的雨水，它便呼呼地倒头大睡。此后它渐渐肥胖起来，菁清又不时把它刷洗得白白净净，戏称之为白猫王子。

它究竟生在哪一天，没人知道，我们姑且以它来我家的那一天定为它的生日（三月三十日），今天它五岁整，普通猫的寿命据说是十五六岁，人的寿命则七十就是古稀之年了，现在大概平均七十。所以猫的一岁在比例上可折合人的五岁。白猫王子五岁相当于人的二十五岁，正是青春旺盛的时候。

凡是我们所喜欢的对象，我们总会觉得它美。白猫王子并不一定是怎样的美丰姿，可是它眉清目秀，蓝眼睛，红鼻头，须眉修长，而又有一副楚楚可怜的样子。腰臀一部分特别硕大，和头部不成比例，腹部垂睡，走起来摇摇摆摆，有人认为其状不雅，我们不以为嫌。去年七月二十日报载：

"二十四日在美国佛罗里达州巴马布耳所举行的一九八一年'全美迷人小猫竞赛'中,一只名叫邦妮贝尔的小猫得了首奖。可是它虽然顶着后冠,却不见得很高兴。"高兴的不是猫,是猫的主人。我们不会教白猫王子参加任何竞赛,它已经有了王子的封号,还急着需要什么皇冠?它就是我们的邦妮贝尔。

刘克庄有一首《话猫诗》,有句云:

饭有溪鱼眠有毯,忍教鼠啮案头书。

我们从来没有要求过猫做什么事。它吃的不只是溪鱼,睡的也不只是毛毯,我们的住处没有鼠,它无用武之地,顶多偶然见了蟑螂而惊叫追逐,菁清说这是它对我们的服务。我们吃饭的时候它常蹲在餐桌上,虎视眈眈,但是它不伸爪,顶多走近盘边闻闻。喂它几块鱼虾鸡鸭之类,它浅尝辄止。它从不偷嘴。它吃饱了,抹抹脸就睡,弯着腰睡,趴着睡,仰着睡,有时候爬到我们床上枕着我们的臂腿睡。它有二十六七磅重,压得人腿脚酸麻。我们外出,先把它安顿好,鱼一钵,水一盂,有时候给它盖一床被,或是搭一个篷。等我们回来,门锁一响,它已窜到门口相迎。这样,它便已给了我们很大的满足。

"花如解语还多事,石不能言最可人。"猫相当地解语,我们喊它一声:"猫咪!""胖胖!"它就喵的一声。我耳聋,听不见它那细声细气的一声喵,但是我看见它一张嘴,腹部一起一落,知道它是回答我们的招呼。它不会说话,但是菁清好像略通猫语,她能辨出猫的几种不同的鸣声。例如,它饿了,它要人给它开门,它要人给它打扫卫生设备,它因寂寞而感到烦躁，都有不同的声音发出来。无论有什么体己话，说给它听，或是被它听见，它能珍藏秘密不泄露出去。不过若是以恶声叱责它，它是有反应的，它不回嘴，它转过身去趴下，作无奈状。

有人不喜欢猫，我的一位朋友远道来访，先打电话来说："听说府上有猫，请先把它藏起来，我怕猫。"真的，有人一见了猫就会昏倒。有人见了老鼠也会昏倒，何况猫？据《民生报》四月二十三日一篇文章报道，法国国王亨利三世一见到猫就会昏倒。法国国王查理九世时的大诗人龙沙有这样的诗句：

当今世上
谁也没我那么厌恶猫
我厌恶猫的眼睛、脑袋，还有凝视的模样
一看见猫，我掉头就跑

人之好恶本不相同。我不否认猫有一些短处，诸如倔强、自尊、自私、缺乏忠诚，等等。不过，猫，和人一样，总不免有一点脾气，一点自私，不必计较了。家里有装潢、有陈设、有家具、有花草，再有一只与虎同科的小动物点缀其间来接受你的爱抚，不是很好么？

菁清对于苦难中小动物的怜悯心是无止境的，同时又觉得白猫王子太孤单，于是去午又抱进来一只小黑猫。这个"黑猫公主"性格不同，活泼善斗，体态轻盈，白须黄眼，像是平剧中的"开口跳"。两只猫在一起就要斗，追逐无已时。不得已我们把黑猫关在笼子里，或是关在一间屋里，实行黑白隔离政策。可是黑猫隔着笼子还要伸出爪子撩惹白猫，白猫也常从门缝去逗黑猫。相见争如不见，无情还似有情。我想有一天我们会逐渐解除这个隔离政策的。

白猫倏已五岁，我们缘分不浅，同时我亦不免兴起春光易老之感。多少诗人词人唤取春留驻，而春不肯留！我们只好"片时欢乐且相亲"，愿我的猫长久享受它的鱼餐锦被，吃饱了就睡，睡足了就吃。

白猫王子六岁

今年三月三十日是白猫王子六岁生日。要是小孩子，六岁该上学了。有人说猫的年龄，一年相当于人的五年，那么它今年该是三十而立了。

菁清和我，分工合作，把它养得这么大，真不容易。我负责买鱼，不时地从市场背回十斤八斤重的鱼，储在冰柜里。然后是每日煮鱼，要少吃多餐，要每餐温热合度，有时候一汤一鱼，有时候一汤两鱼，鲜鱼之外加罐头鱼。煮鱼之后要除刺，这是遵兽医辜泰堂先生之嘱，小刺若是鲠在猫喉咙里，开刀很麻烦。除了鱼之外还要找地方拔些青草给它吃，"人无横财不富，马无夜草不肥"，猫儿亦然。菁清负责猫的清洁，包括擦粉洗毛，剪指甲，掏耳朵，最重要的是随时打扫它的粪便，这份工作不轻。六年下来，猫长得肥肥胖胖，大腹便便，走路摇摇晃晃，蹲坐的时候昂然不动，有客见之叹曰："简直像是一位董事长！"

猫和人一样，有个性。白猫王子不是属于"招之即来，挥之即去"的那个类型。它好像有它的尊严。有时候我喊它过来，它看我一眼，等我喊过三数声之后才肯慢慢地踱过来，并不一跃而登膝头，而是卧在我身旁伸手可抚摩到的地方。如果再加催促，它也有时移动身体更靠近我。大多时它是不理会我的呼唤的。它卧如弓，坐如钟，自得其乐，旁若无人。至少是和人保持距离。

它有时也自动来就我，那是它饿了。它似乎知道我耳聋，听不见它的"咪噢"叫，就用它的头在我腿上摩擦。接连摩擦之下，我就要给它开饭。如果我睡着了，它会跳上床来拱我三下。猫有吃相，从不吃得杯盘狼藉，总是顺着一边吃去，每餐必定剩下一小撮，过一阵再来吃干净。每日不止三餐，餐后必定举行那有名的"猫儿洗脸"，洗脸未完毕，它不会走开，可是洗完之后它便要呼呼大睡了。这一睡可能四五个小时甚至七八九个小时，并不一定只是"打个盹儿"（cat nap）。我看它睡得那么安详舒适的样子，从不忍得惊动它。吃了睡，睡了吃，这生活岂不单调？可是我想起王阳明《答人问道》诗："饥来吃饭倦来眠，只此修行玄又玄。说与世人浑不信，却从身外觅神仙。"猫儿似乎修行得相当到家了。几个人能像猫似的心无牵挂，吃时吃，睡时睡，而无闲事挂心头？

猫对我的需求有限，不过要食有鱼而已。英国十八世纪的约翰孙博士，家里除了供养几位寒士、一位盲人之外还有一只他所宠爱的猫，他不时地到街上买牡蛎喂它。看着猫（或其他动物）吃它所爱吃的东西，是一乐也，并不希冀报酬。犬守门，鸡司晨，猫能干什么？捕鼠么？我家里没有鼠，猫有时跳到我的书桌上，在我的稿纸上趴着睡着了，或是蹲在桌灯下面借着灯泡散发的热气而呼噜呼噜地假寐，这时节我没有误会，我不认为它是有意地来破我寂寥。是它寂寞，要我来陪它，不是看我寂寞而它来陪我。

猫儿寿命有限，老人余日无多。"片时欢乐且相亲"。今逢其六岁生日，不可不记。

白猫王子七岁

　　白猫王子大概是已到中年。人到中年发福，脖梗子后面往往隆起几条肉，形成几道沟，尤其是那些饱食终日的高官巨贾。白猫的脖子上也隐隐然有了两三道肉沟的痕迹。它腹上的长毛脱落了，原以为是季节性的，秋后会复生，谁知道寒来暑往又过了一年，腹上仍是光秃秃的，只有一层茸毛。它的眉头深锁，上面有直竖的皱纹三数条，抹也抹不平，难道是有什么心事不成？

　　它比从前懒了。从前一根绳子，一个线团，可以逗它狼奔豕突，可以引它鼠步蛇行，可以诱它翻跟头竖蜻蜓，玩好大半天，直到它疲劳而后止；抛一个乒乓球给它，它会抱着球翻滚，它会和你对打一阵，非球滚到沙发底下去不肯罢休。菁清还喜欢和它玩捕风捉影的游戏，她拿起一个衣架之类的东西，在灯光下摇晃，墙上便显出一个活动的影子，这时候白猫便窜向墙边，跳起好几尺高，去捕捉那个影子。

　　如今情况不同了。绳子线团不复引起它的兴趣；乒乓球还是喜欢，但是要它跑几步路去捡球，它就觉得犯不着，必须把球送到它的跟前，它才肯举爪一击，就好像打高尔夫的大人先生们之必须携带球童或是乘坐小型机车才肯于一切安排妥帖之后挥棒一击；捕风捉影的事它再不屑为。《山海经》："夸父不量力，欲追日影。"白猫未必比夸父聪明，其实是它懒。

　　哪有猫儿不爱腥的？锅里的鱼刚煮熟，揭开锅盖，鱼香四溢，白猫会从楼上直奔而来，但是它蹲在一旁，并不流涎三尺，也不凑上前来做出迫不及待的样子。它静静地等着我摘刺去骨，一汤一鱼，不冷不热，送到它的嘴边，然后它慢条斯理地进餐。它有吃相，它从盘中近处吃起，徐徐蚕食，它不挑挑拣拣。它吃完鱼，喝汤；喝完汤，洗脸；洗完脸，倒头大睡。它只要吃鱼，沙丁鱼、鲢鱼，天天吃也不腻。有时候胃口不好也流露一些"日食万钱无下箸处"的神情，闻一闻就望望然去之，这时候对付它的方法就是饿它一天。菁清不忍，往往给它开个罐头番茄汁鲣鱼之类，让它换换口味。

白猫王子不是可以呼之即来挥之即去的。它高兴的时候偎在人的身边卧着，接受人的抚摩，它不高兴的时候任你千呼万唤它也相应不理。你把它抱过来，它也会纵身而去。菁清说它骄傲，我想至少是倔强。猫的性格，各有不同。有人说猫性狡诈，我没有发现白猫有这样的短处。唐朝武后朝中有一个权臣小人李义府（《唐书》列传第三十二），"貌状温柔，与人语必嬉怡微笑，而褊忌阴贼。既处权要，欲人附己，微忤意者，辄加倾陷。故时人言义府笑中有刀。又以其柔而害物，亦谓之李猫"。李猫这个绰号似乎不洽。白猫王子柔则有之，但丝毫没有害物的意思。它根本不笑，自然不会笑中有刀，它的掌中藏着利爪，那是它自卫的武器。它时常伸出利爪在沙发上抓挠，把沙发抓得稀烂，我们应该在沙发上钉一块皮子什么的，让它抓。

猫愿有固定的酣睡静卧的所在，有时候它喜欢居高临下的地方，能爬多高就爬多高；有时候又喜欢窝藏在什么旮旯儿里，令人找都找不到。它喜欢孤独，能不打扰它最好不要打扰它，让它享受那份孤独。有时候它又好像不甘寂寞，我正在伏案爬格，它会飕地一下子窜上书桌，不偏不倚地趴在我的稿纸上，我只好暂停工作。我随后想到两全的办法，在书桌上给它设备一份铺垫，它居然了解我的用意。从此我可以一面拍抚着它，一面写我的稿。我知道，它不是有意来陪伴我，它是要我陪伴它。有时候我一站起身，走到书架去取书，它立刻就从桌上跳下占据我的座椅，安然睡去。它可以在我椅上睡六七个小时，我由它高卧。

猫最需要的伴侣是猫。黑猫公主的性格很泼辣刁钻，所以一向不是关在楼上寝室便是关在笼子里，黑白隔离。后来渐渐弛禁，两个猫也可以放在一起了，追逐翻滚一阵之后也能并排而卧相安无事。小花进门之后，我们怕它和白猫不能相容，也隔离了很久，现在这两只猫也能在一起共存，不争座位，不抢饭碗。

三月三十日是白猫王子七岁的生日，菁清给它预备了一份礼物——市场买菜用的车子，打算在天气晴朗惠风和畅的时候把它放在车里推着它在街上走走。这样，它总算是于"食有鱼"之外还"出有车"了。

白猫王子八岁

有人问我："先生每逢你的白猫王子生日必写小文纪念，你生活中一定还有其他更可纪念的日子，为什么不写文纪念？"我生活中当然有其他值得纪念的日子，可歌的或是可泣的，但是各有其一定的纪念方式，不必全部形诸文字腾诸报章。白猫王子不识字，不解语，我写了什么东西它也不知道。平素我给它的不过是一钵鱼，一盂水，到它生日这一天仍是一盂水一条鱼，没有什么两样，难道还要送它一束鲜花或一张贺卡？我为文纪念不过是略抒自己的情怀，兼供爱猫的读者赏阅而已。

白猫今天八岁了，相当于我们的不惑之年。所谓不惑，是指不为邪说异端所惑。猫懂得什么是邪说异端？它要的是食有鱼，饮有水，舔舔爪子洗洗脸，然后曲肱而枕，酣然而眠。如果"饥来吃饭倦来眠"便是修行的三昧，白猫王子的生活好像是已近于道。有一位朋友来，看到猫的锦衾鱼餐，曰："此乃猫之天堂！"可惜这仅是猫的天堂，更可惜这仅是一只猫的天堂，尤可惜的是这也未必就是它的天堂。

我最引以为憾的是，猫进我家门不久，我们就把它送进兽医院施行手术，使之不能生育。虫以鸣秋，鸟以鸣春，唯独猫到了季节，蹿房越脊，鬼哭狼嚎，那叫声实在难听，而且不安于室，走失堪虞，所以我们未能免俗，实行了预防的措施，十分抱歉，事前未能征得同意。

猫和其他动物一样，需要伴侣。狮虎均属猫科。我曾以为狮虎都是独来独往，有异于狐群狗党。后来才知道事实不然，狮虎也还是时常成群结队地出现于长林丰草之间。猫也是如此，它高傲孤独，但是也颇有时候需要伴侣（最好是同类异性）。我们先后收养了黑猫公主和小花，但是白猫王子好像是"无友不如己者"，仍然是落落寡合。它们从不争食，许是因为从不饥饿的缘故，更从不偷食，因为没有偷的必要。偶尔也翻滚在地上打作一团，不是真打，可能是游戏性质。可喜的是白猫王子并不恃强凌弱，而常以大事小。

猫究竟有多么聪明？通多少人性？一九八五年十二月份美国《麦考尔杂志》上有一篇文字，说猫至少模仿人类的能力很强：

一、有一只猫想听音乐就会开收音机。

二、有一只猫想吃东西就会按电动开罐头机的把柄。

三、有一只猫会开电灯。

四、有一只猫会用抽水马桶。

五、有一只猫会听电话，对着听筒咪咪叫。

六、有一只猫病了不肯吃药，主人向它解释几乎声泪俱下，然后它就乖乖地舔药片，终于嚼而食之。

所说的可能全是真的。相形之下，白猫王子显着低能多了。它没有这么大的本领。我们也没有给过它适当的训练。猫就是猫，何需要它真个像人？

昔人有云，鸡有五德。不知猫有几德。以我这八年来的观察，猫爱清洁，好像比其他小动物更能洁身自爱。每天菁清给它扑粉沐浴，它安然就范。猫很有礼貌，至少在吃东西的时候顺着盘子的一边吃起，并不挑三拣四，杯盘狼藉，饭后立刻洗脸。客人来，它最多在他腿上磨蹭几下，随即翘着尾巴走开。我有时不适，起床较晚，它会上楼到我床上舔我，但是它知道探病的规矩，不久留，拍它几下，它就走了。有时我和菁清外出赴宴，把它安置在一个它喜欢踞卧的地方，告诉它"你看家，不许动"，两三小时后我们回来，它仍在原处，不负所嘱。也许每一只猫都是如此，但是如果你拥有一只你所宠爱的猫，你就会觉得满足，为它再多费心机照护也是甘愿的。

猫捕鼠，有人说是天性使然。其实猫对一切动的事物都感兴趣。一只橡皮做的老鼠，放在那里，它视若无睹，不大理会。若是电动的玩具老鼠开动起来，它便会扑将上去。家里没有老鼠，偶然有只蟑螂，它常像狮子搏兔一般地去对付。窗外有鸟过，室内蚊蚋飞，它会悚然以惊。不过近来它偏好静，时常露出万事不关心的样子。也许它经验多了，觉得一动不如一静，像捕风捉影一类的事早已不屑为之。《鹤林玉露》："东坡云：'养猫以捕鼠，不可以无鼠而养不捕之猫。'"这句话不大像是东坡说的。豁达如东坡，焉能不知养猫之趣而斤斤计较其功利？

有一天我抚摩着猫对菁清说："你看，我们的猫的毛不像过去那样的美泽、秀长、洁白了。身上的皮肉也不像过去那样的坚韧、厚实了。是不是进入中年垂垂老矣？"菁清急急举手指按在唇上，做嘘声，示意我不要再说下去。人恒喜言寿而讳闻老，实在是矛盾。也许猫也是不欲人在它面前直说它已渐有龙钟之象。我立即住声，只听得猫喉咙里呼噜呼噜地在响。

白猫王子九岁

有人问我为什么喜爱猫，我一时答不上来。我们喜爱一件事物，往往不是先有一套理由，然后去爱，即使不是没有理由，也往往是不自觉其理由之所在。不过经人问起，就不免要想出一些理由来支持自己的行为。总不能以"本能"二字来推脱得一干二净。

我是爱猫，凡是小动物大抵都可爱。小就可爱。小鸟依人，自然楚楚可怜，"一飞冲天鸣则惊人"的大鸟，令人欣赏，并不可爱。赢得无数儿童喜爱的大象林旺，恐怕谁也不想领它回家朝夕与共。小也有小的限度，如果一个小得像赵飞燕之能做掌上飞，那个掌恐怕也不是寻常的掌。不过一般而论，娇小玲珑总胜似高头大马。猫，体态轻盈，不大不小，不像一只白象，也不像一只老鼠，它可以和人共处一室之内，它可以睡在椅上，趴在桌上，偎在人的怀里，枕在人的腿上。你可以抱它、摸它、搔它、拍它，它不咬人，也不叫唤，只是喉咙里呜噜呜噜地作响。叫春的声音是不太好听，究竟是有季节性的，并不一年到头随时随刻地"关关雎鸠"。猫有一身温柔泽润的毛，像是不分寒暑永远披在身上的一件皮袍，摸上去又软又滑，就像摸什么人身上穿的一件貂裘似的。

白猫王子初来我家，身不盈尺，栗栗危惧，趴在沙发底下不敢出来，如今长得大腹便便，夷然自若，周旋于宾客之间。时间过得真快，猫犹如此，人何以堪？它现在是有一点老态。据我看，它的健身运动除了睡醒弓身作骆驼状之外就是认定沙发的几个角柱狠命地抓挠，磨它的爪子，日久天长把沙发套抓得稀巴烂，把里面的沙发面也抓得稀巴烂，露出了里面装的败絮之类。不捉老鼠，磨爪做啥？也许这就是它的运动。有的人家知道猫的本性难移，索性在它磨砺以须的地方挂上一块皮子。我家没有此装饰，由它去抓。猫一生能抓破几套沙发？

日本人好像很爱猫，去年一部电影《子猫物语》掀起一阵爱猫风潮之后，银座一家百货公司举行"世界猫展"。不消说，埃及猫、南美猫、波斯猫、日本猫全登场了。最有趣的是，不知是过度的自尊感还是自卑感在作祟，硬把日本猫推为第一，并且名之为"日本第一"。我看它的那副尊容，长毛大眼，短腿小耳，怕不是什么纯种。不过我也承认那只猫确是很好看。白猫王子不以色事人，我也不会要它抛头露面地参加展览。它只是一只道道地地的台湾土猫。老早有人批评，说它头太小，体太大，不成比例。我也承认它没有什么三围可夸。它没有波斯猫的毛长，也没有泰猫的毛细。但是它伴我这样久，我爱它，虽世界第一的名猫不易也。

今天是白猫王子九岁生日，循例为文祝它长寿。

黑猫公主

黑猫公主的个性相当泼辣也相当灵活

白猫王子今年四岁，胖嘟嘟的，体重在十斤以上，我抱它上下楼两臂觉得很吃力，它吃饱伸直了躯体侧卧在地板上足足两尺开外（尾巴不在内）。没想到四年的工夫它有这样长足的进展。高信疆、柯元馨伉俪来，说它不像是猫，简直是一头小豹子。按照猫的寿命年龄，四岁相当于我们人类弱冠之年，也许不会再长多少了吧。

白猫王子饱食终日，吃饱了洗脸，洗完脸倒头大睡。家里没有老鼠可抓，它无用武之地。凭它的嗅觉，它不放过一只蟑螂，见了蟑螂它就紧迫追踪，又想抓又害怕，等到菁清举起苍蝇拍子打蟑螂时，它又怕殃及池鱼藏到一个角落里去了。我们晚间外出应酬，先把它的晚餐备好，鲜鱼一钵，清汤一盂，然后给它盖上一床被毯，或是给它搭一个蒙古包似的帐篷。等我们回家的时候，它依然蜷卧原处。它的那床被毯颇适合它的身材。菁清在一个专卖儿童用物的货柜上选购那被毯的时候，精挑细选，不是嫌大就是嫌小，店员不耐地问："几岁了？"菁清说："三岁多。"店员说："不对，不对，三岁这个太小了。"菁清说："是猫。"店员愣住了，她没卖过猫被。陆放翁《赠粉鼻》诗有句："问渠何似朱门里，日饱鱼餐睡锦茵。"寒舍不比朱门，但是鱼餐锦茵却是具备了。

白猫王子足不出户，但是江湖上已薄有小名。修漏的工人、油漆的工人、送货的工人，看见猫蹲在门口，时常指着它问："是白猫王子吧？"我说是，他就仔细端详一番，夸奖几句，猫并不理会，大摇大摆而去。猫若是人，应该说声谢谢。这只猫没有闲事挂心头，应该算是幸福的，只是没有同类的伴侣，形单影只，怕不免寂寞之感。菁清有一晚买来一只泰国猫，一身棕色毛，小脸乌黑，跳跳蹦蹦十分活跃，菁清唤她作"小太妹"。白猫王子也许是以为非我族类其心必异，相处似不投机，双方都常呜呜地吼，作蓄势待发状。虽然是两个恰恰好，双份的供养还是使人不胜负荷。我取得菁清同意，决计把小太妹举以赠人。陈秀英的女儿乐滢爱猫如命，遂给她带走了。白猫王子一直是孤家寡人一个。

有一天我们居住的大厦门前有两只小猫光临，一白一黑，盘旋不去，

瘦骨嶙峋，蓬首垢面，不知是谁家的遗弃，夜寒风峭，十分可怜。菁清又动了恻隐之心。"我们给抱上来吧？"我说不，家里有两只猫，将要喧宾夺主。菁清一声不响端着白猫王子吃剩的鱼加上一点米饭送到楼下去了。两只猫如饿虎扑食，一霎间风卷残雪，她顾而乐之。于是由一天送鱼一次，而二次，而三次，而且抽暇给两只猫用干粉洁身。我不由自主地也参加了送猫饭的行列。人住十二层楼上，猫在道边门口，势难长久。其中黑的一只，两只大蓝眼睛，白胡须，两排白牙，特别讨人欢喜。好不容易我们给黑猫找到了可以信赖的归宿。我们认识的廖先生，他和他一家人都爱猫，于是菁清把黑猫装在提笼里交由廖先生携去。事后菁清打了两次电话，知道黑猫情况良好，也就放心了。只剩下一只白猫独自卧在门口。看样子他很忧郁，突然失去伴侣当然寂寞。

事有凑巧，不知从哪里又来了一只小黑猫。这只小黑猫大概出生有六个月，看牙齿就可以知道。除了浑身漆黑之外，四爪雪白，胸前还有一块白斑，据说这种猫名为"踏雪寻梅"，还蛮有名堂的。又有人说，本地有些人认为黑猫不吉利。在外国倒是有此一说，以为黑猫越途，不吉。哀德加•阿兰•坡有一篇恐怖小说，题名就是《黑猫》，这篇小说我没读过，不知黑猫在里面扮的是什么角色。无论如何白猫又有了伴侣，我们楼上楼下一天三次照旧喂两只猫，如是者约两个星期。

有一夜晚，菁清面色凝重地对我说："楼下出事了！"我问何事惊慌，她说据告白猫被汽车轧死了。生死事大，命在须臾，一切有情莫不如此，但是这只白猫刚刚吃饱几天，刚刚洗过一两次，刚刚失去一黑猫又得到一黑猫为伴，却没来由地粉身碎骨死在车轮之下！我半晌无语，喉头好像有哽结的感觉。缘尽于此，没有说的。菁清又徐徐地说："事已到此，我别无选择，把小猫抱上来了。"好像是若不立刻抱上来，也会被车辗死。在这情形之下，我也不能反对了。

"猫在哪里？"

"在我的浴室里。"

我走进去一看，黑暗的角落里两只黄色的亮晶晶的眼睛在闪亮，再走近看，白须、白下巴颏儿、白爪子，都显露出来了。先喂一钵鱼，给她压压惊。我们决定暂时把她关在一间浴室里，驯服她的野性，择吉再令她和白猫王子见面。菁清问我："给她起个什么名字呢？"我想不出。她说："就叫黑猫公主吧。"

黑猫公主的个性相当泼辣，也相当灵活，头一天夜晚她就钻到藏化妆品的小柜橱里。凡是有柜门的地方她都不放过。我说这样淘气可不行，家里瓶瓶罐罐的东西不少，哪禁得她横冲直撞？菁清就说；"你忘了？白猫王子初来我家不也是这么么？"她的意思是，慢慢管教，树大自直。要使这黑猫长久居留，菁清有进一步的措施，给公主做体格检查。兽医辜泰堂先生业务极忙，难得有空出来门诊，可是他竟然肯来。在他检查之下，证明黑猫公主一切正常，临行时给她打了两针预防霍乱之类的药剂。事情发展到此，黑猫公主的户籍就算暂时确定了。她与白猫王子以后是否能够相处得如鱼得水，且待查看再说。

猫的故事
伟大的母爱实在无以复加

猫很乖，喜欢偎傍着人；有时又爱蹭人的腿，闻人的脚。唯有冬尽春来的时候，猫叫春的声音颇不悦耳。呜呜地一声一声地吼，然后突然地哇咬之声大作，稀里哗啦的，铿天地而动神祇。这时候你休想安睡。所以有人不惜昏夜起床持大竹竿而追逐之。相传有一位和尚做过这样的一首诗："猫叫春来猫叫春，听他愈叫愈精神，老僧亦有猫儿意，不敢人前叫一声。"这位师父富同情心，想来不至于抡大竹竿子去赶猫。

我的家在北平的一个深巷里。有一天，冬夜荒寒，卖水萝卜的，卖硬面饽饽的，都过去了，除了值更的梆子遥远的响声可以说是万籁俱寂。这时候屋瓦上噪的一声猫叫了起来，时而如怨如诉，时而如诟如詈，然后一阵跳梁，蹿到另外一间房上去了，往返跳跃，搅得一家不安。如是者数日。

北平的窗子是糊纸的，窗棂不宽不窄正好容一只猫儿出入，只消他用爪一划即可通往无阻。在春暖时节，有一夜，我在睡梦中好像听到小院书房的窗纸响，第二天发现窗棂上果然撕破了一个洞，显然地是有野猫钻了进去。大概是饿极了，进去捉老鼠。我把窗纸补好。不料第二天猫又来，仍从原处出入，这就使我有些不耐烦，一之已甚岂可再乎？第三天又发生同样情形，而且把书桌书架都弄得凌乱不堪，书桌上印了无数的梅花印，我按捺不住了。我家的厨师是一个足智多谋的人，除了调和鼎鼐之外还贯通不少的左道旁门，他因为厨房里的肉常常被猫拖拉到灶下，鱼常被猫叼着上了墙头，怀恨于心，于是殚智竭力，发明了一个简单而有效的捕猫方法。法用铁丝一根，在窗棂上猫经常出入之处钉一个铁钉，铁丝一端系牢在铁钉之上，另一端在铁丝上做一活扣，使铁丝作圆箍形，把圆箍伸缩到适度放在窗棂上，便诸事完备，静待活捉。猫窜进屋的时候前腿伸入之后身躯势必触到铁丝圆箍，于是正好套在身上，活生生悬在半空，愈挣扎则圆箍愈紧。厨师看我为猫所苦无计可施，遂自告奋勇为我在书房窗上装置了这么一个机关。我对他起初并无信心，姑妄从之。但是当天夜里居然有了动静。早晨起来一看，一只瘦猫奄奄一息地赫然挂在那里！

厨师对于捉到的猫向来执法如山，不稍宽假，我看了猫的那副可怜相直为它缓颊。结果是从轻发落予以开释，但是厨师坚持不能不稍予膺惩，即在猫身上原来的铁丝系上一只空罐头，开启街门放它一条生路。只见猫一溜烟似的稀里哗啦地拖着罐头绝尘而去，像是新婚夫妇的汽车之离教堂去度蜜月。跑得愈快，罐头响声愈大，猫受惊乃跑得更快，惊动了好几条野狗在后面追赶，黄尘滚滚，一瞬间出了巷口往北而去。它以后的遭遇如何我不知道，我心想它吃了这个苦头以后绝对不会再光顾我的书房。窗户纸重新糊好，我准备高枕而眠。

当天夜里，听见铁罐响，起初是在后院砖地上哗啷哗啷地响，随后像是有东西提着铁罐猱升跨院的枣树，终乃在我的屋瓦上作响。屋瓦是一垄一垄的，中有小沟，所以铁罐越过瓦垄的声音是咯噔咯噔地清晰可辨。我打了一个冷战，难道那只猫的阴魂不散？它拖着铁罐子跑了一天，藏躲在什么地方，终于夤夜又复光临寒舍？我家究竟有什么东西值得使它这样地念念不忘？

哗啷一声，铁罐坠地，显然是铁丝断了。几乎同时，噗的一声，猫顺着我窗前的丁香树也落了地。它低声地呻吟了一声，好像是初释重负后的一声叹息。随后我的书房窗纸又撕破了——历史重演。

这一回我下了决心，我如果再度把它活捉，要用重典，不是系一个铁罐就能了事。我先到书房里去查看现场，情况有一些异样，大书架接近顶棚最高的一格有几本书撒落在地上。倾耳细听，书架上有呼噜呼噜的声音。怎么猫找到了这个地方来酣睡？我搬了高凳爬上去窥视，吓我一大跳，原来是那只瘦猫拥着四只小猫在喂奶！

四只小猫是黑白花的，咕咕容容地在猫的怀里乱挤，好像眼睛还没有睁开，显然是出生不久。在车船上遇到有妇人生产，照例被视为喜事，母子好像都可以享受好多的优待。我的书房里如今喜事临门，而且一胎四个，原来的一腔怒火消去了不少。天地之大德曰生，这道理本该普及于一切有情。猫为了它的四只小猫，不顾一切地冒着危险回来喂奶，伟大的母爱实在是无以复加！

猫的秘密被我发现，感觉安全受了威胁，一夜的工夫它把四只小猫都叼离书房，不知运到什么地方去了。

一只野猫
世间没有平等可言

　　流浪街头无人豢养的猫，叫作野猫。通常是瘦得皮包骨，一身渍泥，瞪着大眼嗥嗥地叫，见人就跑。英语称之为街猫，以别于家猫，似较为确切，因为野猫是另一种东西，本名lynx，我们称之为山猫，大概也就是我们酒席上的果子狸。

　　稀脏邋遢的孩子，在街上鬼混，我们称之为野孩子。其实他和良家子弟属于同一品种，不是蛮荒的野人的子遗，只是缺乏教养失去了家庭温暖的可怜孩子。猫也是一样。踯躅街头嗷嗷待哺的猫，我也似乎不该叫它为野猫，只因一时想不起较合适的名称，暂时委屈它一下称之为野猫吧。

　　一般的野猫，其实是驯顺的，而且很胆怯。在垃圾堆旁的野猫都是贼眉鼠眼的，一面寻食，一面怕狗，更怕那些比狗更凶的人。我们在街上看见几只野猫，怜其孤苦伶仃，顶多付诸一叹，焉能广为庇护使尽得其所？但是如果一只野猫不时地在你大门外出现，时常跟着你走，有时候到了夜晚蹲在你的门前守候着你，等你走近便叫一声"咪噢"而你听起来好像是叫一声"妈"……恐怕你就不能不心动一下，恻隐之心，人皆有之。

　　菁清最近遇到了这样的一只野猫。白毛，大块的黑斑，耳朵是黑的，尾巴是黑的，背上疏疏落落的有三五大块黑，显着粗豪，但不难看，很脏，但是很胖,也许本是家猫而被遗弃的,也许它善于保养而猎食有道。它跟了菁清几天,她不能恝置不理了,俯下身去摸摸它,哇,毛一缕缕地黏结在一起,刚鬣,大概是好久不曾梳洗。

"我们把它抱到家里来吧?"菁清说。

我断然说:"不可。"

我们家已经有白猫王子和黑猫公主,一雌一雄,其饮食起居以及医药卫生之所需,已经使我们两个忙得团团转,如果善门大开,寒家之内势将喧宾夺主。菁清听了没说什么,拿一钵鱼一盂水送到门口外,就像是在路边给过往行人"奉茶"的那个样子。

如是者数日,野猫每日准时到达门口领食,更难得的是施主每日准时放置饮食于固定之处待领。有时吆喝一声,它不知从哪里蹿了出来,欣然领受这份嗟来之食。

有好几天不见猫来。心想不妙，必是遭遇了什么意外。果然，它再度出现时，尾巴中间一截血淋淋的毛皮尽脱，露出一段细细的似断未断的骨头。它有气无力地叫。我猜想也许是被哪一家的弹簧门夹住了尾巴。菁清说一定是狗咬的。本来尾巴没有用，老早就该进化淘汰掉的，留着总是要惹麻烦。菁清说："以后教它上楼到我们房门口来吃吧。"我看着它的血丝呼啦的尾巴，也只好点点头。从此这只猫更上一层楼，到了我们的房门口。不过我有话在先，我在这里画最后一道线，不能再越雷池一步，登堂入室是绝不可以的。菁清说："这只猫，总得有个名字，就叫它'小花子'吧。"怜其境遇如乞食的小叫花子，同时它又是一身黑白花。

小花子到房门口，身份好像升了一级。尾巴的伤养好了，猫有九条命，些许皮肉之伤算不了什么。菁清给它梳洗了一番，立刻容光焕发。看它直咳嗽，又喂了它几颗保济丸。它好想走进我们的房间，有时候伸一只爪子隔在门缝里，不让我们关门，我心里好惭愧，为什么这样自私，不肯再多给它一点温暖！菁清拿出一条棉絮放在门外，小花子吃饱之后，照例洗洗脸，便蜷着身子在棉絮上面睡了。小花子仅仅免于冻馁而已。它晚间来到门口膳宿，白天就不知道云游何处了。

白猫王子听得门外有同类的呼声，起初是兴奋，观察许久，发出呼噜的吼声，小花子吓得倒退。对于这不速之客，白猫王子好像不表欢迎。一门之隔，幸与不幸，判如霄壤。一个是食鲜眠锦，一个是踵门乞食。世间没有平等可言！

鸟
世界上的生物，没有比鸟更俊俏的

我爱鸟。

从前我常见提笼架鸟的人，清早在街上溜达（现在这样有闲的人少了）。我感觉兴味的不是那人的悠闲，却是那鸟的苦闷。胳膊上架着的鹰，有时头上蒙着一块皮子，羽翮不整地蜷伏着不动，哪里有半点瞵视昂藏的神气？笼子里的鸟更不用说，常年地关在栅栏里，饮啄倒是方便，冬天还有遮风的棉罩，十分地"优待"，但是如果想要"抟扶摇而直上"，便要撞头碰壁。鸟到了这种地步，我想它的苦闷，大概是仅次于粘在胶纸上的苍蝇，它的快乐，大概是仅优于在标本室里住着吧？

我开始欣赏鸟，是在四川。黎明时，窗外是一片鸟啭，不是叽叽喳喳的麻雀，不是呱呱噪啼的乌鸦，那一片声音是清脆的，是嘹亮的，有的一声长叫，包括着六七个音阶，有的只是一个声音，圆润而不觉其单调，有时是独奏，有时是合唱，简直是一派和谐的交响乐。不知有多少个春天的早晨，这样的鸟声把我从梦境唤起。等到旭日高升，市声鼎沸，鸟就沉默了，不知到哪里去了。一直等到夜晚，才又听到杜鹃叫，由远叫到近，由近叫到远，一声急似一声，竟是凄绝的哀乐。客夜闻此，说不出的酸楚！

在白昼，听不到鸟鸣，但是看得见鸟的形体。世界上的生物，没有比鸟

091

更俊俏的。多少样不知名的小鸟,在枝头跳跃,有的曳着长长的尾巴,有的翘着尖尖的长喙,有的是胸襟上带着一块照眼的颜色,有的是飞起来的时候才闪露一下斑斓的花彩。几乎没有例外的,鸟的身躯都是玲珑饱满的,细瘦而不干瘪,丰腴而不臃肿,真是减一分则太瘦,增一分则太肥那样的秾纤合度,跳荡得那样轻灵,脚上像是有弹簧。看它高踞枝头,临风顾盼——好锐利的喜悦刺上我的心头。不知是什么东西惊动它了,它倏地振翅飞去,它不回顾,它不悲哀,它像虹似的一下就消逝了,它留下的是无限的迷惘。有时候稻田里伫立着一只白鹭,拳着一条腿,缩着颈子,有时候"一行白鹭上青天",背后还衬着黛青的山色和油绿的梯田。就是抓小鸡的鸢鹰,啾啾地叫着,在天空盘旋,也有令人喜悦的一种雄姿。

我爱鸟的声音,鸟的形体,这爱好是很单纯的,我对鸟并不存任何幻想。有人初闻杜鹃,兴奋得一夜不能睡,一时想到"杜宇""望帝",一时又想到啼血,想到客愁,觉得有无限诗意。我曾告诉他事实上全不是这样的。杜鹃原是很健壮的一种鸟,比一般的鸟魁梧得多,扁嘴大口,并不特别美,而且自己不知构巢,依仗体壮力大,硬把卵下在别个的巢里,如果巢里已有了够多的卵,便不客气地给挤落下去,孵育的责任由别个代负了,孵出来之后,羽毛渐丰,就可把巢据为己有。那人听了我的话之后,对于这豪横无情的鸟,再也不能幻出什么诗意出来了。我想济慈的《夜莺》,雪莱的《云雀》,还不都是诗人自我的幻想,与鸟何干?

鸟并不永久地给人喜悦,有时也给人悲苦。诗人哈代在一首诗里说,他在圣诞的前夕,炉里燃着熊熊的火,满室生春,桌上摆着丰盛的筵席,准备着过一个普天同庆的夜晚,蓦然看见在窗外一片美丽的雪景当中,有一只小鸟蹐踣缩缩地在寒枝的梢头踞立,正在啄食一颗残余的僵冻的果儿,禁不住那料峭的寒风,栽倒在地上死了,滚成一个雪团,诗人感谓曰:"鸟!你连这一个快乐的夜晚都不给我!"我也有过一次类似的经验,在东北的一间双重玻璃窗的屋里,忽然看见枝头有一只麻雀,战栗地跳动抖擞着,在啄食一块干枯的叶子。但是我发现那麻雀的羽毛特别的长,而且是蓬松戟张着的:像是披着一件蓑衣,立刻使人联想到那垃圾堆上的大群褴褛而臃肿的人,那形容是一模一样的。那孤苦伶仃的麻雀,也就不暇令人哀了。

  自从离开四川以后,不再容易看见那样多型类的鸟的跳荡,也不再容易听到那样悦耳的鸟鸣。只是清早遇到烟突冒烟的时候,一群麻雀挤在檐下的烟突旁边取暖,隔着窗纸有时还能看见伏在窗棂上的雀儿的映影。喜鹊不知逃到哪里去了。带哨子的鸽子也很少看见在天空打旋。黄昏时偶尔还听见寒鸦在古木上鼓噪,入夜也还能听见那像哭又像笑的鸱鸮的怪叫。再令人触目的就是那些偶然一见的囚在笼里的小鸟儿了,但是我不忍看。

树

树也有生老病死，也算是"有情"

北平的人家，差不多家家都有几棵相当大的树。前院一棵大槐树是很平常的。槐荫满庭，槐影临窗，到了六七月间槐黄满树使得家像一个家，虽然树上不时地由一根细丝吊下一条绿颜色的肉虫子，不当心就要粘得满头满脸。槐树寿命很长，有人说唐槐到现在还有生存在世上的，这种树的树干就有一种纠绕蟠屈的姿态，自有一股老丑而并不自嫌的神气，有这样一棵矗立在前庭，至少可以把"树小墙新画不古"的讥诮免除三分之一。后院照例应该有一棵榆树，榆与余同音，示有余之意，否则榆树没有什么特别值得令人喜爱的地方，成年地往下洒落五颜六色的毛毛虫，榆钱做糕也并不好吃。至于边旁跨院里，则只有枣树的份，"叶小如鼠耳"，到处生些怪模怪样的能刺伤人的小毛虫。枣实只合做枣泥馅子，生吃在肚里就要拉枣酱，所以左邻右舍的孩子老妪任意扑打也就算了。院子中央的四盆石榴树，那是给天棚鱼缸做陪衬的。

我家里还有些别的树。东院里有一棵柿子树，每年结一二百个高庄柿子，还有一棵黑枣。垂花门前有四棵西府海棠，艳丽到极点。西院有四棵紫丁香，占了半个院子。后院有一棵香椿和一棵胡椒，椿芽、椒芽成了烧黄鱼和拌豆腐的最好的作料。榆树底下有一个葡萄架，年年在树根左近要埋一只死猫（如果有死猫可得）。在从前的一处家园里，还有更多的树，桃、李、胡桃、杏、梨、藤萝、松、柳，无不具备。因此，我从小就对于树存有偏爱。我尝面对着树生出许多非非之想，觉得树虽不能言，不解语，可是它也有生老病死，它也有荣枯，它也晓得传宗接代，它也应该算是"有情"。

树的姿态各个不同。亭亭玉立者有之；矮墩墩的有之；有张牙舞爪者；有佝偻其背者；有戟剑森森者；有摇曳生姿者……各极其致。我想树沐浴在熏风之中，抽芽放蕊，它必有一番愉快的心情。等到花簇簇，锦簇簇，满枝头红红绿绿的时候，招蜂引蝶，自又有一番得意。落英缤纷的时候可能有一点伤感，结实累累的时候又会有一点迟暮之思。我又揣想，蚂蚁在树干上爬，可能会觉得痒痒出溜的；蝉在枝叶间高歌，也可能会觉得聒噪不堪。总之，树是活的，只是不会走路，根扎在那里便住在那里，永远没有颠沛流离之苦。

小时候听"名人演讲"，有一次是一位什么"都督"之类的角色讲演"人生哲学"，我只记得其中一点点，他说："植物的根是向下伸，兽畜的头是和身躯平的，人是立起来的，他的头是在最上端。"我当时觉得这是一大发现，也许是生物进化论的又一崭新的说法。怪不得人为万物之灵，原来他和树比较起来是本末倒置的。人的头高高在上，所以"清气上升，浊气下降"。有道行的人，有坐禅，有立禅，不肯倒头大睡，最后还要讲究坐化。

可是历来有不少诗人并不这样想，他们一点也不鄙视树。美国的佛洛斯特有一首诗，名《我的窗前树》，他说他看出树与人早晚是同一命运的，都要倒下去，只有一点不同，树担心的是外在的险厄，人烦虑的是内心的风波。又有一位诗人名Kilmer，他有一首著名的小诗——《树》，有人批评说那首诗是"坏诗"，我倒不觉得怎样坏，相反地，"诗是像我这样的傻瓜做的，只有上帝才能造出一棵树"，这两行诗颇有一点意思。人没有什么了不起，侈言创造，你能造出一棵树来么？树和人，都是上帝的创造。最近我到阿里山去游玩，路边见到那株"神木"，据说有三千年了，比起庄子所说的"以八千岁为春，以八千岁为秋"的上古大椿还差一大截子，总算有一把年纪，可是看那一副形容枯槁的样子，只是一具枯骸，何神之有！我不相信"枯树生华"那一套。我只能生出"树犹如此，人何以堪"的感想。

我看见阿里山上的原始森林，一片片，黑压压，全是参天大树，郁郁葱葱。但与我从前在别处所见的树木气象不同。北平公园大庙里的柏，以及梓橦道上的所谓张飞柏，号称"翠云廊"，都没有这里的树那么直那么高。像黄山的迎客松，屈铁交柯，就更不用提，那简直是放大了的盆景。这里的树大部分是桧木，全是笔直的，上好的电线杆子材料。姿态是谈不到，可是自有一种榛莽来除入眼荒寒的原始山林的意境。局促在城市里的人走到原始森林里来，可以嗅到"高贵的野蛮人"的味道，令人精神上得到解放。

群芳小记

菁清喜欢和我共同赏花

"老子爱花成癖",这话我不敢说。爱花则有之,成癖则谈何容易。需要有一块良好的场地,有一间宽敞的温室,有各种应用的器材。更重要的是有健壮的体格,和充分的闲暇。我何足以语此。好不容易我有了余力,有了闲暇,但是曾几何时,人垂垂老矣!两臂乏力,腰不能弯,腿不能蹲。如何能够剪草、搬盆、施肥、换土?请一位园丁,几天来一次,只能帮做一点粗重的活。而且花是要自己亲手培养,看着它抽芽放蕊,才有趣味。像鲁迅所描写的"吐两口血,扶着丫鬟,到阶前看秋海棠",那能算是享受么?

迁台以来,几度播迁,看到了不少可爱的花。但是我经过多少次的移徙,"乔迁"上了高楼,竟没有立锥之地可资利用,种树莳花之事乃成为不可能。无已,只好寄情于盆栽。幸而菁清爱花有甚于我者,她拓展阳台安设铁架,常不惜长途奔走载运花盆、肥土,戴上手套做园艺至于废寝忘食。如今天晴日丽,我们的窗前绿意盎然。尤其是她培植的"君子兰"由一盆分为十余盆,绿叶黄花,葳蕤多姿。我常想起黄山谷的句子:"白发黄花相牵挽,付与旁人冷眼看。"

菁清喜欢和我共同赏花,并且要我讲述一些有关花木的见闻,爰就记忆所及,拉杂记之。

海棠

海棠的风姿艳质，于群芳之中颇为突出。

我第一次看到繁盛缤纷的海棠是在青岛的第一公园。二十年春，值公园中樱花盛开，夹道的繁花如簇，交叉蔽日，蜜蜂嗡嗡之声盈耳，游人如织。我以为樱花无色无香，纵然蔚为雪海，亦无甚足观，只是以多取胜。徘徊片刻，乃转去苗圃，看到一排排西府海棠，高及丈许，而花枝招展，绿鬓朱颜，正在风情万种、春色撩人的阶段，令人有忽逢绝艳之感。

海棠的品种繁多，以"西府"为最胜，其姿态在"贴梗""垂丝"之上。最妙处是每一花苞红得像胭脂球，配以细长的花茎，斜欹挺出而微微下垂，三五成簇。凡是花，若是紧贴在梗上，便无姿态，例如茶花，好的品种都是花朵挺出的。樱花之所以无姿态，便是因为无花茎。榆叶梅之类更是品斯下矣。海棠花苞最艳，开放之后花瓣的正面是粉红色，背面仍是深红，俯仰错落，秾淡有致。海棠的叶子也陪衬得好，嫩绿光亮而细致。给人整个的印象是娇小艳丽。我立在那一排排的西府海棠前面，良久不忍离去。

十余年后我才有机会在北平寓中垂花门前种植四棵西府海棠，着意培植，春来枝枝花发，朝夕品赏，成为毕生快事之一。明初诗人袁士元和刘德舜《海棠》诗有句云："主人爱花如爱珠，春风庭院如画图。"似此古往今来，同嗜者不在少。两蜀花木素盛，海棠尤为著名。昌州（今大足县）且有"海棠香国"之称。但是杜工部经营草堂，广栽花木，独不及海棠，诗中亦不加吟咏，或谓避母讳，不知是否有据。唐诗人郑谷《蜀中赏海棠》诗云："浓淡芳春满蜀乡，半随风雨断莺肠。浣花溪上堪惆怅，子美无情为发扬。"其言若有憾焉。

以海棠与美人春睡相比拟，真是联想力的极致。《唐书·杨贵妃传》："明皇登沉香亭，召杨妃，妃被酒新起，命力士从侍儿扶掖而至。明皇笑曰：'此真海棠睡未足耶？'"大概是海棠的那副懒洋洋的娇艳之状像是美人春睡初起。究竟是海棠像美人，还是美人像海棠，倒是一个有趣的问题。苏东坡一首《海棠》诗有句云："林深雾暗晓光迟，日暖风清春睡足。"是把海棠比作美人。

秦少游对于海棠特别感兴趣。宋释惠洪《冷斋夜话》："少游在横州，饮于海棠桥，桥南北多海棠，有老书屋，海棠丛开，少游醉卧于此，明日题醉乡春一词于柱云：'唤起一声人悄，衾冷梦寒窗晓。瘴雨过，海棠开，春色又添多少。社瓮酿成微笑，半破瘿瓢共舀。觉颠倒，急投床，醉乡广大人间小。'"家于海棠丛中，多么风流！少游醉后题词，又是多么潇洒！少游家中想必也广植海棠，因为同为苏门四学士的晁补之有一首《喜朝天》，注"秦宅海棠作"，有句云："碎锦繁绣，更柔柯映碧，纤擗匀殷。谁与将红间白，采薰笼、仙衣覆斑斓。如有意、浓妆淡抹，斜倚阑干。"刻画得淋漓尽致。

含笑

白朴的曲子《广东原》有这样的一句："忘忧草，含笑花，劝君闻早冠宜挂。"以忘忧草（即萱草）与含笑花作对，很有意思。大概是语出欧阳修《归田录》："丁晋公在海南，篇咏尤多，如'草解忘忧忧底事，花名含笑笑何人？'尤为人所传诵。"含笑花是什么样子，我从未见过，因为它是南方花木，北地所无。

我来到台湾之后十年，开始经营小筑，花匠为我在庭园里栽了一棵含笑。是一人来高的灌木，叶小枝多，毫无殊相。可是枝上有累累的褐色花苞，慢慢长大，长到像莲实一样大，颜色变得淡黄，在燠热湿蒸的天气中，突然绽开。不是突然展瓣，是花苞突然裂开小缝，像是美人的樱唇微绽，一缕浓烈的香气荡漾而出。所以名为含笑。那香气带着甜味，英文俗名称为"香蕉灌木"（banana shrub），名虽不雅，确是贴切。宋人陈善《扪虱新话》："含笑有大小，小含笑香尤酷烈。四时有花，唯夏中最盛。又有紫含笑、茉莉含笑。皆以日夕入稍阴则花开。初开香尤扑鼻。予山居无事，每晚凉坐山亭中，忽闻香风一阵，满室郁然，知是含笑开矣。"所记是实。含笑易谢，不待隔日即花瓣敞张，露出棕色花心，香气亦随之散尽。落花狼藉满地，但是翌日又有一批花苞绽开，如是持续很久。淫雨之后，花根积水，遂渐呈枯零之态。急为垫高地基，盖以肥土，以利排水，不久又欣欣向荣，花苞怒放了。

大抵花有色则无香，有香则无色。不知是否上天造物忌全？含笑异香袭人，而了无姿色，在群芳中可独树一格。宋人姚宽《西溪丛语》载"三十客"之说，品藻花之风格，其说曰："予长兄伯声尝得三十客：牡丹为贵客，梅为清客，兰为幽客，桃为妖客，杏为艳客，莲为溪客，木樨为严客，海棠为蜀客……含笑为佞客。"含笑竟得佞客之名，殊难索解。佞有伪善或谄媚之意。含笑芬芳馥郁，何佞之有？我对于含笑特有一份好感，因为本地人喜欢采择未放的含笑花苞，浸以净水，供奉在亡亲灵前或佛龛案上，一瓣心香，情意深远，美极了。有一位送货工友，在我门外就嗅到含笑香，向我乞讨数朵，问以何用，答称新近丧母，欲以献在灵前，我大为感动，不禁鼻酸。

牡丹

牡丹不是我国特产，好像是传自西方。隋唐以来，始盛播于中土，朝野为之风靡。天宝中，杨贵妃在沉香亭赏木芍药，李白做《清平乐词》三章，有"云想衣裳花想容"之句。木芍药即牡丹。百年之后，裴度退隐，"寝疾永乐里，暮春之月，忽过游南园，令家仆童升至药栏，语：'我不见花而死，可悲也。'怅然而返。明早报牡丹一丛先发，公视之，三日乃薨。"是真所谓牡丹花下死。白居易为钱塘守，携酒赏牡丹，张祜题诗云："浓艳初开小药栏，人人惆怅出长安。风流却是钱塘守，不踏红尘见牡丹。"刘禹锡赏牡丹诗："唯有牡丹真国色，花开时节动京城。"其他诗人吟咏牡丹者不计其数。

周敦颐《爱莲说》："自李唐来，世人盛爱牡丹。……牡丹，花之富贵者也；……牡丹之爱，宜乎众矣。"濂溪先生独爱莲，这也罢了，但是字里行间对于牡丹似有贬意。国色天香好像蒙上了羞。富贵中人和向往富贵的人当然仍是趋牡丹如鹜。许多志行高洁的人就不免要受《爱莲说》的影响，在众芳之中别有所爱而讳言牡丹了。一般人家里没有药栏，也没有盆栽的牡丹，但至少壁上可以悬挂一幅富贵花图。通常是一画就是五朵，而且颜色不同，魏紫姚黄之外再加上绛色的、粉红色的和朱红色的。据说这表示五世其昌。五朵花都是同时在盛开怒放的姿态之中，花蕊暴露，而没有一瓣是萎靡褪色的。同时，还必须多画上几个含苞待放的蓓蕾，表示不会断子绝孙。因此牡丹益发沾染了俗气。

其实，牡丹本身不俗。花大而瓣多，色彩淡雅，黄蕊点缀其间，自有雍容丰满之态。其质地细腻，不但花瓣的纹路细致，而且厚薄适度。叶子的脉理停匀，形状色彩，亦均秀丽可观。最难得的是其近根处的木本，在泡松的木干之中抽出几根，透润的枝条，极有风致。比起芍药不可同日而语。尝看恽南田工笔画的没骨牡丹，只觉其美，不觉其俗，也许因为他不是画给俗人看的。

名花多在寺院中，除了庄严佛土，还可吸引众生前去随喜。苏东坡知杭州，就常到明庆寺吉祥寺赏牡丹，有诗为证。《雨中明庆寺赏牡丹》："霏霏雨露作清妍，烁烁明灯照欲然。明日春阴花未老，故应未忍着酥煎。"末句有典故，五代后蜀有一兵部贰卿李昊，牡丹开时分赠亲友，附兴采酥，于花谢时煎食之。牡丹花瓣裹上面糊，下油煎之，也许有一股清香的味道，犹之菊花可以下火锅，不过究竟有些煞风景。北平崇孝寺的牡丹是有名的，据说也有所谓名士在那里吃油炸牡丹花瓣，饱尝异味。崂山的下清寺，有牡丹高与檐齐，可惜我几度游山不曾有一见的机会。

牡丹娇嫩，怕冷又怕热。东坡说："应笑春风木芍药，丰肌弱骨要人医。"我在故乡曾植牡丹一栏，天寒时以稻草束之，一任冰雪埋覆，来春启之施肥，使根干处通风，要灌水但是也要宜排水。届时花必盛开，似不需特别调护。在台湾亦曾参观过一次牡丹展，细小羸弱，全无妖妍之致，可能是时地不宜。

莲

《古乐府》："江南可采莲，莲叶何田田。"不只江南可采莲，凡是有水的地方，大概都可以有莲，除非是太寒冷的地方。"院荷风"是西湖十景之一。南京玄武湖里一片荷花，多少人在那里荡小舟，钻进去偷吃莲蓬。可是莲花在北方依然是常见的，济南的大明湖，北平的什刹海，都是"暑日菡苔敷,披风送荷香"的胜地,而北海靠近金鳌玉蝀一带的荷芰,在炎夏时候更是青年男女闹船寻幽谈爱的好地方。

初来台湾,一日忽动乡思,想吃一碗荷叶粥,而荷叶不可得。市内公园池塘内有莲花,那是睡莲,非我所欲。后来看到植物园里有一相当大的荷塘,近边处的花和叶都已被人摧折殆尽。有一天做郊游,看见稻田中居然有一塘荷花,停身觅主人请购荷叶,主人不肯收资,举以相赠。回家煮粥,俟熟乘沸以荷叶盖在上面,少顷粥现淡绿色,有香气扑鼻。多余的荷叶弃之可惜,实以米粉肉,裹而蒸之,亦有情趣。其实这也是类似莼鲈之想,慰情聊胜于无而已。

小时家里种了好几大盆荷花。春水既泮,便从温室取出置阳光下,截除烂根细藕,换泥加水,施特殊肥料(车厂出售之修马掌骡掌的角质碎片)。到了夏初,则荷叶突出,荷花挺现,不及池塘里的高大,但亦丰腴可喜。清晨露尚未晞,露珠在荷叶上滚来滚去。静看荷花展瓣,瓣上有细致的纹路,花心露出淡黄的花蕊和秀嫩的莲房,有说不出的一股纯洁之致。而微风过处,茎细而圆大的荷叶,微微摇晃,婀娜多姿,尤为动人。陈造《早夏》诗:"凉荷高叶碧田田。"画家写风竹,枝叶披拂,令人如闻风飕飕声,但我尚未见有人画出饶有动态的风荷。

先君甚爱种荷。晨起辄徘徊荷盆间,计数其当日开放之花朵,低吟慢唱,自得其乐。记得有一次折下一枝半开的红莲插入一只仿古蟹爪纹细长素白的胆瓶里,送到书房几上。塾师援笔在瓶上写了"出淤泥而不染,濯清涟而不妖"几个大字,犹如俗匠在白瓷茶壶上题"一片冰心"一般。"花如解语还多事",何况是陈腐的题句?欲其雅,适得其反。

近闻有人提议定莲花为花莲的县花。这显然是效法美国人之所谓"州花"。广植莲花，未尝不好，赐以封号，似可不必。

辛夷

辛夷，属木兰科，名称很多，一名新雉，又名木笔，因其花未开时形如毛笔。又名侯桃，因其花苞如小桃，有茸毛。辛夷南北皆有之。王维辋川别墅中即有一处名辛夷坞，有诗为证："木末芙蓉花，山中发红萼。涧户寂无人，纷纷开且落。"北平颐和园的正殿之前有两棵辛夷，花开极盛，但我一向不曾在花时游览，仅于画谱中略识其面貌。蜀中花事素盛，大街小巷辄有花户设摊贩花。二十八年春，我在重庆，一日踱出中国旅行社招待所，于路隅花摊购得辛夷一大枝，花苞累累有百数十朵，有如叉枝繁多之蜡烛台，向逆旅主人乞得大花瓶一只，注满清水，插花入瓶，置于梳妆台上，台三面有镜，回光交映，一室生春。

辛夷有紫红、纯白两种，纯白者才是名副其实的木笔。而且真像是毛笔头，溜尖溜尖地一个个地笔直地矗立在枝上。细小者如小楷兔毫，稍大者如寸楷羊毫，更大如小型羊毫抓笔。着花时不生叶，赭色枝头遍插白笔头，纯洁无瑕，蔚为奇观。花开六瓣，瓣厚而实，晨展而夕收，插瓶六七日始谢尽。北碚后山公园有辛夷数十本，高约二丈，红白相间，非常绚烂，我于偕友登小丘时无意中发现之。其处鲜有人去观赏，花开花谢，狼藉委地，没有人管。

美国西雅图市，家家户前芳草如茵，莳花种树，一若争奇斗艳。于篱落间偶然亦可见有辛夷杂于其内。率皆修剪其枝干不令过高。我的寄寓之所，院内也有一棵，而且是不落叶的那一种，一年四季都有绿叶，花开时也有绿叶扶持。比较难于培植，但是花香特别浓郁。有一次我发现一只肥肥大大的

十余年后我才有机会在北平寓中垂花门前种植四棵西府海棠,着意培植,春来枝枝花发,朝夕品赏,成为毕生快事之一。

蜜蜂卧在花心旁边，近视之则早已僵死。杜工部句："不是爱花即欲死，只恐花尽老相催。"这只蜜蜂莫非是爱花即欲死？

来到台湾，我尚未见过辛夷。

水仙

岁朝清供，少不得水仙。记得小时候，一到新春，家人就把大大小小的瓷钵搬了出来，连同里面盛着的小圆石子一起洗刷干净，然后一钵钵地把水仙的鳞茎栽植其中，用石子稳定其根须，注以清水，置诸案头。那些小圆石子，色洁白，或椭圆，或略扁，或大或小，据说是产自南京的雨花台。多少年下来，雨花台的石子被人捡光了，所以家藏的几钵石子就很宝贵。好像比水仙还更被珍惜。为了点缀色彩，石子中间还撒上一些碎珊瑚，红白相间，别有情趣。

水仙一花六瓣，作白色，花心副瓣，作黄色，宛然盏样，故有"金盏银台"之称。它怕冷，它要阳光。我们把它放在窗内有阳光处去晒它，它很快地展瓣盛开。天天搬来搬去，天天换水，要小心地伺候它。它有袭人的幽香，它有淡雅的风致。虽是多年生草本，但北地苦寒难以过冬，不数日花开花谢，只得委弃。盛产水仙之地在闽南，其地有专家培植修割，及春则运销各地供人欣赏。英国十七世纪诗人赫立克（Herrick）看了水仙（Narcissus）辄有春光易老之叹，他说：

人生苦短，和你一样，
我们的春天一样地短；
很快地长成，面临死亡，

和你，和一切，没有两般。

We have short time to stay, as you,

We have as short a spring;

As quick a growth to meet decay,

As you, or any thing.

西方的水仙，和我们的品种略异，形色完全一样，而花朵特大，唯香气则远逊。他们不在盆里供养，而是在湖边泽地任其一大片一大片地自由滋生。诗人华兹华斯有一首名诗《我孤独的漂荡像一朵云》，歌咏的就是水边瞥见成千成万朵的水仙花，迎风招展，引发诗人一片欢愉之情而不能自已，而他最大的快乐是日后寂寞之时回想当时情景益觉趣味无穷。我没有到过英国的湖区，但是我在美洲若干公园里看见过成片的水仙，仿佛可以领略到华兹华斯当年的感受。不过西方人喜欢看大片的花丛，我们的文人雅士则宁可一株、一枝、一花、一叶地细细观赏，山谷所云"坐对真成被花恼"，情调完全不同（《离骚》"既滋兰之九畹兮，又树蕙之百亩"，我想是想象之词，不可能真有其事。）。

在台湾，几乎家家户户有水仙点缀春景。植水仙之器皿，花样翻新，奇形怪状，似不如旧时瓷钵之古朴可爱，至于粗糙碎石块代替小圆石，那就更无足论了。

丁香

提起丁香，就想起杜甫一首小诗：

丁香体柔弱，乱结枝犹垫。
细叶带浮毛，疏花披素艳。
深栽小斋后，庶近幽人占。
晚堕兰麝中，休怀粉身念。

　　这是他的《江头五咏》之一，见到江畔丁香发此咏叹。时在宝应元年。诗中的"垫"字费解。仇注根据说文："垫，下也。凡物之下坠皆可云垫。"好像是说丁香枝弱，故此下坠。施鸿保《读杜诗说》："下堕义，与犹字不合。今人常语衬垫，若训作衬，则谓子结枝上，犹衬垫也。"施说有见。末两句意义嫌晦，大概是说丁香可制为香料，与兰麝同一归宿，未可视为粉身碎骨之厄。仇注认为是寓意"身名隳于脱节"，《杜臆》亦谓"公之咏物，俱有为而发，非就物赋物者。……丁香体虽柔弱，气却馨香，终与兰麝为偶，虽粉身甘之，此守死善道者。"似皆失之迂。

　　丁香结就是丁香蕾，形如钉，长三四分，故云丁香。北地俗人以为"丁""钉"同音，出出入入地碰钉子，不吉利，所以正院堂前很少种丁香，只合"深栽小斋后"了。二十四年（编者注：民国二十四年，即1935年）春我在北平寓所西跨院里种了四棵紫丁香。"白菡萏香，紫丁香肥。"丁香要紫的。起初只有三四尺高。十年后重来旧居，四棵高大的丁香打成一片，一半翻过了墙垂到邻家，一半斜坠下来挡住了我从卧室走到书房的路。这跨院是我的小天地，除了一条铺砖的路和一个石几两个石墩之外，本来别无长物，如今三分之二的空间付与了丁香。春暖花开的时候招蜂引蝶，满院香气四溢，尽是嘤嘤嗡嗡之声。又隔三十年，现在丁香如果无恙，不知谁是赏花人了。

兰

兰花品种繁多。所谓洋兰（卡特丽亚），顾名思义是外国来的品种，尽管花朵大，色彩鲜艳，我总觉得我们应该视如外宾，不但不可亵玩，而且不耐长久观赏。我们看一朵花，还要顾及它在我们文化历史上的渊源，这样才能引起较深的情愫。看花要如遇故人，多少旧事一齐兜上心来。在台湾，洋兰却大得其道，花展中姹紫嫣红大半是洋兰的天下，态浓意远的丽人出入"贵宾室"中，衣襟上佩戴的也多半是洋兰。我喜欢品赏的是我们中国的兰。

我是北方人，小时不曾见过兰。只从《芥子园画谱》上学得东一撇西一撇地画成为一个凤眼，然后再加一笔破凤眼。稍长，友人从福建捧着一盆兰花到北平，不但真的是捧着，而且给兰花特制一个木条笼子，避免沿途磕碰。我这才真个地见到了兰，素心兰。这个名字就雅，令人想起陶诗的句子"闻多素心人，乐与数晨夕"。花心是素的，花瓣也是素的，素白之中微泛一点绿意。面对素心兰，不禁联想到"弱不好弄，长实素心"的高士。兰的香味不是馥郁，是若有若无的缕缕幽香。讲到品格，兰的地位极高。我们常说"桂馥兰熏"，其实桂香太甜太浓，尚不能与兰相比。

来到台湾，我大开眼界。友人中颇有几位善于艺兰，所以我的窗前几上，有时候叨光也居然兰蕊驰馨。尝有客款扉，足尚未入户，就大叫起来："君家有素心兰耶？"这位朋友也是素心人，我后来给他送去一盆素心兰。我所有的几盆兰，不数年分植为数十盆，乃于后院墙角搭起一丈见方的小棚，用疏隔的竹篾遮覆以避骄阳直晒，竹篾上面加铺玻璃以防淫雨，因此还招致了"违章建筑"的罪名，几乎被报请拆除。竹篾上的玻璃引起了墙外行人的注意，不久就有半大不小的各色人物用砖石投掷，大概是因为玻璃破碎之声清脆悦耳之故。小棚因此没有能持久，跟着我的数十盆兰花也渐渐地支离破碎了。和我望衡对宇的是胡伟克先生，我发现他家里廊上、阶前、墙头、树下，到处都是兰花，大部分是洋兰，素心兰也有，而且他有一间宽大的温室，里面也堆满了兰花。胡先生有一只工作台子，上面放着显微镜，他用科学方法为兰花品种做新的交配，使兰花长得更肥，色泽更为鲜艳多姿。他的兰花在千盆以上。我听他的夫人抱怨："为了这些劳什子，我的手指都磨粗了。"我经常看见一车一车的盛开的兰花从他门前运走。他的家不仅是芝兰之室，真是芝兰工厂。

兰本来是来自山间，有苔藓覆根，雨露滋润，不需要什么肥料。移在盆里，它所需要的也只是适量的空气和水，盆里不可用普通的泥土，最好是用木炭、烧过的黏土、缸瓦碎片的三种混合物，取其通空气而易排水。也有人主张用砂、桂圆树皮、蛇木屑、木炭、碎石子混拌，然后每隔三个月用（NH_4）$_2SO_4$+KCE液羼水喷洒一次。叶子上生虫也需勤加拂拭。总之，兰来自幽谷，在案头供养是不大自然的，要小心伺候了。

菊

花事至菊而尽，故曰蘜，蘜是菊之本字。蘜者，尽也。"兰有秀兮菊有芳，怀佳人兮不能忘。"这是汉武帝看着时光流转，自春徂秋，由花事如锦到花事阑珊，借着秋风而发的歌咏。菊和九月的关系密切，故九月被称为菊月，或称为菊秋，重阳日或径称为菊节。是日也，饮菊花茶，设菊花宴，还可以准备睡菊花枕，百病不生，平素饮菊潭水，可以长生到一百多岁。没有一种花比菊花和人的关系打得更火热。

自从陶渊明"采菊东篱下"之后，菊就代表一种清高的风格，生长在篱笆旁边，自然也就带着几分野趣。吕东莱的句子"短篱残菊一枝黄，正是乱山深处过重阳"，是很好的写照。经人工加以培养，菊好像是变了质。宋《乾淳岁时记》："禁中例于八日作重九排当，于庆瑞殿分列万菊，灿然炫眼，且点菊灯，略如元夕。"这是在殿堂之上开菊展，当然又是一种情况。

菊是多年生草本，摘下幼枝插在土里就活。曩昔在北平家园中，一年之内曾繁殖数十盆，竟以秽恶之粪土培养之，深觉戚戚然于心未安。幼苗长大之后，枝弱不能挺立，则树细竹竿或秸秆以为支撑，并标以红纸签，写上"绿云""紫玉""蟹爪""小白梨"……奇奇怪怪的名称。一盆一盆地放在"兔儿爷摊子"上（一排比一排高的梯形架），看上去一片花朵，闹则闹矣，但是哪能令人想到一丝一毫的"元亮遗风"？

台湾艺菊之风很盛，但是似乎不取其清瘦，而爱其痴肥。每一盆菊都修剪成独花孤挺，叶子的正面反面经常喷药，讲究从根到顶每片叶子都是肥大绿光，顶上的一朵花盛开时直像是特大的馒头一个，胖胖大大的，需要铁丝做盘撑托着它。千篇一律，朵朵如此。当然是很富态相。"帘卷西风，人比黄花瘦"，那时的黄花，一定不像如今的这样肥。

玫瑰

玫瑰，属蔷薇科。唐朝有一位徐寅，做过一首咏玫瑰的诗：

芳菲移自越王台，最似蔷薇好并栽。
秾艳尽怜胜彩绘，嘉名谁赠作玫瑰。
春藏锦绣风吹折，天染琼瑶日照开。

为报朱衣早邀客，莫教零落委苍苔。

诗不见佳，但是让我们知道在唐朝玫瑰即已成了吟咏的对象。《群芳谱》说："花亦类蔷薇，色淡紫，青萼黄蕊，瓣末白，娇艳芬馥，有香有色，堪入茶、入酒、入蜜。"这玫瑰，是我们固有品种的玫瑰，花朵小，红得发紫，香味特浓。可以熏茶，可以调酒（玫瑰露），可以做蜜汁（玫瑰木樨）。娇小玲珑，惹人怜爱。玫瑰多刺，被人视若蛇蝎，其实玫瑰何辜，它本不预备供人采摘。《三十客》列玫瑰为"刺客"，也是冤枉的。

外国的蔷薇品种不一，亦统称为玫瑰。常见有高至五六尺以上者，俨然成一小树，花朵肥大，除了深绯浅红者外，还有黄色的，别有风致。也有蔓生的一种，沿着篱笆墙壁伸展，可达一二丈外。白色的尤为盛旺。我有朋友蛰居台中，莳花自遣，曾贻我海外优良品种之玫瑰数本，我悉心培护，施以舶来之"玫瑰食粮"，果然绰约妩媚不同凡响，不过气候土壤皆不相宜，越年逐渐凋萎。园林有玫瑰专家，我曾专诚探访，畦圃广阔，洋洋大观，唯几乎全是外来品种，绚烂有余，韵味不足。求其能入茶入酒入蜜者，竟不可得，乃废然返。

骆驼

任重而道远的家伙

台北没有什么好去处。我从前常喜欢到动物园走动走动，其中两个地方对我有诱惑。一个是一家茶馆，有高屋建瓴之势，凭窗远眺，一片油绿的田畴，小川蜿蜒其间，颇可使人目旷神怡。另一值得看的便是那一双骆驼了。

有人喜欢看猴子，看那些乖巧伶俐的动物，略具人形，而生活究竟简陋，于是令人不由得生出优越之感，掏一把花生米掷进去。有人喜欢看狮子跳火圈，狗做算学，老虎翻筋斗，觉得有趣。我之看骆驼则是另外一种心情，骆驼扮演的是悲剧的角色。它的槛外是冷清清的，没有游人围绕，所谓槛也只是一根杉木横着拦在门口，地上是烂糟糟的泥。它卧在那里，老远一看，真像是大块的毛姜。逼近一看，可真吓人！一块块的毛都在脱落，斑驳的皮肤上隐隐地露着血迹。嘴张着，下巴垂着，有上气无下气地在喘。水汪汪的两只大眼睛好像是眼泪扑簌地盼望着能见亲族一面似的。腰间的肋骨历历可数，颈子又细又长，尾巴像是一条破扫帚。驼峰只剩下了干皮，像是一只麻袋搭在背上。骆驼为什么落到这悲惨地步呢？难道"沙漠之舟"的雄姿即不过如是吗？

我心目中的骆驼不是这样的。儿时在家乡，一听见大钢铃叮叮当当就知道送煤的骆驼队来了，愧无管宁的修养，往往夺门出视。一根细绳穿系着好几只骆驼,有时是十只八只的,一顺地立在路边。满脸煤污的煤商一声吆喝,骆驼便乖乖地跪下来给人卸货,嘴角往往流着白沫,口里不住地嚼——反刍。有时还跟着一只小骆驼,几乎用跑步在后面追随着。面对着这样庞大而温驯的驮兽,我们不能不惊异地欣赏。

是亚热带的气候不适于骆驼居住(非洲北部的国家有骆驼兵团,在沙漠中驰骋,以骁勇善战著名,不过那骆驼是单峰骆驼,不是我们所说的双峰骆驼。)。动物园的那一双骆驼不久就不见了,标本室也没有空间容纳它们。我从此也不大常去动物园了。我常想:公文书里罢黜一个人的时候常用"人地不宜"四字,总算是一个比较体面的下台的借口。这骆驼之黯然消逝,也许就是类似"人地不宜"之故罢?生长在北方大地之上的巨兽,如何能局促在这样的小小圈子里,如何能耐得住这炎方的郁蒸?它们当然要憔悴,要悒悒,要委顿以死。我想它们看着身上的毛一块块地脱落,真的要变成为"有板无毛"的状态,蕉风椰雨,晨夕对泣,心里多么凄凉!真不知是什么人恶作剧,把它们运到此间,使得它们尝受这一段酸辛,使得我们也兴起"人何以堪"的感叹!

其实,骆驼不仅是在这炎蒸之地难以生存,就是在北方大陆其命运也是在日趋于衰微。在运输事业机械化的时代,谁还肯牵着一串串的骆驼招摇过市?沙漠地带该是骆驼的用武之地了,但现在沙漠里听说也有了现代的交通工具。骆驼是驯兽,自己不复能在野外繁殖谋生。等到为人类服务的机会完全消灭的时候,我不知道它将如何繁衍下去。最悲惨的是,大家都讥笑它是兽类中最蠢的当中一个:因为它只会消极地忍耐。给它背上驮五磅的重载,它会跪下来承受。它肯食用大多数哺乳动物所拒绝食用的荆棘苦草,它肯饮用带盐味的脏水。它奔走三天三夜可以不喝水,并不是因为它的肚子里储藏着水,是因为它在体内由于脂肪氧化而制造出水。它的驼峰据说是美味,我虽未尝过,可是想想熊掌的味道,大概也不过尔尔。像这样的动物若是从地面上消逝,可能不至于引起多少人惋惜。尤其是在如今这个世界,大家所最欢喜豢养的乃是善伺人意的哈巴狗,像骆驼这样的"任重而道远"的家伙,恐怕只好由它一声不响地从这世界舞台上退下去罢!

狗

养狗的目的就是要它看家护院

我初到重庆,住在一间湫隘的小室里,窗外还三两棵肥硕的芭蕉,屋里益发显得阴森森的,每逢夜雨,凄惨欲绝。但凄凉中毕竟有些诗意,旅中得此,尚复何求?我所最感苦恼的乃是房门外的那一只狗。

我的房门外是一间穿堂,亦即房东一家老小用膳之地,餐桌底下永远卧着一条脑满肠肥的大狗。主人从来没有扫过地,每餐的残羹剩饭,骨屑稀粥,以及小儿便溺,全都在地上星罗棋布着,由那只大狗来舐得一干二净。如果有生人走进,狗便不免有所误会,以为是要和它争食,于是声色俱厉地猛扑过去。在这一家里,狗完全担负了"洒扫应对"的责任。

"君子有三畏",猘犬其一也。我知道性命并无危险,但是每次出来进去总要经过它的防次,言语不通,思想亦异,每次都要引起摩擦,酿成冲突,日久之后真觉厌烦之至。其间曾经谋求种种对策,一度投以饵饼,期收绥靖之效,不料饵饼尚未啖完,乘我返身开锁之际,无警告地向我的腿部偷袭过来,又一度改取"进取乃最好之防御"的方法,转取主动,见头打头,见尾打尾,虽无挫衄,然积小胜终不能成大胜,且转战之余,血脉贲张,亦大失体统。因此外出即怵回家,回到房里又不敢多饮茶。不过使我最难堪的还不是狗,而是它的主人的态度。

狗从桌底下向我扑过来的时候,如果主人在场,我心里是存着一种奢望的,我觉得狗虽然也是高等动物,脊椎动物哺乳类,然而,究竟,至少在外形上,主人和我是属于较近似的一类,我希望他给我一些援助或同情。但是我错了,主客异势,亲疏有别,主人和狗站在同一立场。我并不是说主人也帮着狗猖猖然来对付我,他们尚不至于这样地合群。我是说主人对我并不解救,看着我的狼狈而哄然噱笑,泛起一种得意之色,面带着笑容对狗嗔骂几声:"小花!你昏了?连×先生你都不认识了!"骂的是狗,用的是让我所能听懂的语言。那弦外之音是:"我已尽了管束之责了,你如果被狗吃掉莫要怪我。"俗语说,"打狗看主人",我觉得不看主人还好,看了主人我倒要狠狠地再打狗几棍。

后来我疏散下乡,遂脱离了这恶犬之家,听说继续住那间房的是一位军人,他也遭遇了狗的同样的待遇,也遭遇了狗的主人的同样的待遇,但是他比我有办法,他拔出枪来把狗当场格毙了,我于称快之余,想起那位主人的悲怆,又不能不付予同情了。特别是,残茶剩饭丢在地下无人舐,主人势必躬亲洒扫,其凄凉是可想而知的。

在乡下不是没有犬厄。没有背景的野犬是容易应付的,除了菜花黄时的疯犬不计外,普通的野犬都是些不修边幅的夹尾巴的可怜的东西,就是汪汪地叫起来也是有气无力的,不像人家豢养的狗那样振振有词自成系统。有些人家在门口挂着牌示"内有恶犬",我觉得这比门里埋伏恶犬的人家要忠厚得多。我遇见过埋伏,往往猝不及防,惊惶大呼,主人闻声搴帘而出,嫣然而笑,肃客入座。从容相告狗在最近咬伤了多少人。这是一种有效的安慰,因为我之未及于难是比较可庆幸的事了。但是我终不明白,他为什么不索性养一只虎?来一个吃一个,来两个吃一双,岂不是更为体面么?

117

这道理我终于明白了。雅舍无围墙，而盗风炽，于是添置了一只狗。一日邮差贸贸然来，狗大声咆哮，邮差且战且走，蹒跚而逸，主人拊掌大笑。我顿有所悟。别人的狼狈永远是一件可笑的事，被狗所困的人是和踏在香蕉皮上面跌跤的人同样地可笑。养狗的目的就要它咬人，至少作吃人状。这就是等于养鸡是为要它生蛋一样，假如一只狗像一只猫一样，整天晒太阳睡觉，客人来便咪咪叫两声，然后逡巡而去，我想不但主人惭愧，客人也要惊讶。所以狗咬客人，在主人方面认为狗是克尽厥职，表面上尽管对客抱歉，内心里是有一种愉快，觉得我的这只狗并非是挂名差事，它守在岗位上发挥了作用。所以对狗一面苛责，一面也还要嘉勉。因此脸上才泛出那一层得意之色。还有衣裳楚楚的人，狗是不大咬的，这在主人也不能不有"先护我心"之感。所可遗憾者，有些主人并不以衣裳取人，亦并不以衣裳废人，而这种道理无法通知门上，有时不免要慢待嘉宾，不过就大体论，狗的眼力总是和它的主人差不了多少。所以，有这样多的人家都养狗。

动物园

动物是我们的客，要善待它们

我爱逛动物园。从前北平西直门外有个三贝子花园，后来改建为万牲园，再后来为农业试验所。我小时候正赶上万牲园全盛时代。每逢春秋佳日父母辄带着我们几个孩子去逛一次。

万牲园门口站着两个巨人，职司剪票。他们究竟有多高，已不记得，不过从稚小的孩子眼里看来，仰而视之，高不可攀，低头看他的脚大得吓人。两个巨人一胖一瘦，都神情木然，好像是陷入了"小人国"，无可奈何地站在那里。万牲园的主事者找到这两个巨无霸把头关，也许是把他们当作珍禽异兽一般看待，供人观赏。至少我每次逛万牲园，最兴奋的第一桩事就是看那两位巨人。可惜没有三五年二人都先后谢世，后起无人，万牲园为之大为减色。

走进大门，有二入口，左为植物园，右为动物园。二园之间有路可通，游人先入动物园，然后循线入植物园，然后出口。中间还有一条沟渠一般的小河，可以行船，游人纳费登舟，可略享水上漂浮之趣。登船处有一小亭，额曰"松风水月"，未免小题大做。有河就不能没有桥，在畅观楼前面就起了一座相当高大的拱桥，俗所谓罗锅桥。桥本身不错，放在那里却有一些不伦不类。

植物园其实只是一个苗圃，既无古木参天，亦无丘陵起伏，一片平地，黄土成垄而已。但是也有两个建筑物。一个是畅观楼，据说是慈禧太后去颐和园时途经此地，特建此桥为息足之处。楼两层，洋式，内贮历朝西洋各国进贡的自鸣钟，满坑满谷，大大小小，形形色色，足有数百余具。当时海运初开，平民家中大抵都有自鸣钟，但是谁也没见过这样的场面，到此大开眼界。为什么这样多的自鸣钟集中陈列在此，我不知道。除了自鸣钟之外，还有两个不寻常的穿衣镜，一凹一凸，走近一照，不是把你照成面如削瓜，便是把你照成柿饼脸，所以这两个镜子号称为"一见哈哈笑"。孩子们无不嬉笑称奇。

另一建筑是豳风堂。是几间平房，但是堂庑宽敞，有棚可遮阳，茶座散落于其间。游客到此可以啜茗休息。堂名取得好，《诗经·豳风·七月》七月之篇，描述垄亩之间农家生活的况味。

植物园的风光不过如此，平凡无奇，但是，久居城市的人难得一嗅黄土泥的味道，难得一见果树成林的景象，到此顿觉精神一振。至于青年男女在这比较冷僻的地方携手同行，喁喁私语，当然更是觉得这是一个好去处了。

万牲园究竟是以动物园为主。这里的动物不多，可是披头散发的雄狮、斑斓吊睛的猛虎、笨拙庞大的犀牛、遍体条纹的斑马、浑身白斑的梅花鹿、甩着长鼻子龇着大牙的象、昂首阔步有翅而不能飞的鸵鸟、略具人形的狒狒、成群的抓耳挠腮的猕猴、蜿蜒腹行的巨蟒、借刺防身的豪猪、时而摇头晃脑时而挺直人立的大黑狗熊，此外如大鹦鹉小金丝雀之类，也差不多应有尽有了。我难以忘怀的是在池塘柳荫之下并头而卧交颈而眠的那一对色彩鲜艳的鸳鸯，美极了。

动物关在笼里，一定很苦，就拿那黑熊来说，偌大的身躯长年地关在那方丈小笼之内，直如无期徒刑。虽然动物学家说，动物在心理上并不一定觉得它是被关在笼子里，而是人被关在笼子外，人不会来害它，它有安全感。我看也不一定安全，常有自恃为万物之灵的人，变着方法欺侮栅里的兽，例如把一根点燃了的纸烟递到象鼻的尖端，烫它一下。更有人拿石头掷击猴子，好像是到动物园来打猎似的。过不了多少年，园里的动物一个个地进了标本室，犹如人进了祠堂一般。是否都是"考终命"，谁知道？

动物一个个地老成凋谢，那些兽栅渐渐十室九空。显然，动物园已难以维持下去。我记得我最后一次去是在我二十岁左右的时候，偕友进得大门干脆左转，照直踱入植物园，在苗圃里徜徉半天，那萧索败落的动物园我不忍再去一顾。童时向往的万牲园，盛况已成陈迹了。

自从我离开北平，数十年仆仆南北，尚未看到过一个像样的动物园。我们中国人对于此道好像不甚考究。据司马相如的《上林赋》：汉武帝增扩的上林苑周袤三百里，其中包括了一个专供天子畋猎的动物园，可以"生貔豹，搏豺狼，手熊罴，足野羊，蒙鹖苏，绔白虎，被斑纹……"，真是说得天花乱坠，恐怕只是文人词客的彩笔夸张，未必属实。我看见过的现代民间豢养的动物，无非是在某些公园中偶然一见的一两只虎，市尘游戏场中之耍猴子耍狗熊的等等而已。直到民国三十八年（编者注：1949年）我来到台湾，才得在台北圆山再度亲近一个动物园。

圆山动物园规模不算大，但是日本人经营的作风相当巧妙。岛国的人最擅长的是在咫尺之间造山那样多的曲折迂回。圆山动物园应是典型的东洋庭园艺术的一例。小小的一个山丘，竟有如许丘壑。最高处路旁有一茶肆，有高屋建瓴之势，凭窗远眺，于阡陌梯田之中常见小火车一列冒着蒸气蜿蜒而过。夕阳返照，情景相当幽绝。彼时我寓中山北路，得便常去一游。好多次看见成群的村姑结伴而行,一个个地手举着高跟鞋跣足登陟山坡,蔚为一景(如今皮鞋穿惯,不复见此奇景矣)。

有一次游园,正值园工手持活鸡伺蛇。游人蠡聚争睹此一奇观。我亦不禁心动,攘臂而前,挤入人丛,但人墙无由冲破,乃知难而退。退出后始发觉西装袋上所持之自来水笔已被人扒去。对我而言,当时失掉一支笔,损失很重。笑话中"人多处不可去"之阃训,不无道理。因此我想,我来动物园是来看动物,不是来看人。要看人,大街小巷万头攒动,何必到这里来凑热闹?从此动物园就少去。后来旁边又拓开了儿童乐园,我更加明白这不是属于我的去处。但是我对于那些动物还是很关心的。听说有些游客捉弄动物、虐待动物,我就非常愤懑,听说园中限于经费,有时虎豹之类不能吃饱,我也难过,因为我们把兽关进园内,它们就是我们的客,待客有待客之道,就如同我们家里养猫养狗,能让它们饕飨不继吗?

圆山动物园就要迁移新址,动物将有宽敞的自然的生活空间,我有五愿:

一愿它们顺利乔迁,

二愿它们此后快乐,

三愿园主园丁善待它们,

四愿游客不要虐待它们,

五愿大家不要污染环境。

我觉得动物园之迁移新地,近似整批囚犯的假释,又像是一次大规模的放生。

好多年前,记得好像是《新月》杂志第四期,载有一篇《动物园中的人》,是英国小说家David Garnett作,徐志摩译。小说的大意是叙述一个人自愿进入动物园，住进一个铁栏，作为动物的一类，任人参观。他被接受了，栏上挂着一个牌子"Homo Sapiens（灵长类）人"。下面注一行小字："请游客不要惹恼他。"这只是小说的开端，志摩没有继续译下去。我劝他译完全篇，他口头答应但是没有做。虽是残篇译本，我们可以看出这部小说的构想不错。我至今忘不了这个残篇，就是因为我一直在想，想了几十年，想人类在动物界里究占什么样的地位。是万物之灵，灵在哪里？是动物中兽的同类，尚保有多少兽性？人性是什么？假如要我为《动物园中的人》写一篇较详细说明书，我将如何写法？这一连串的问题我一直在想，但是参不透。

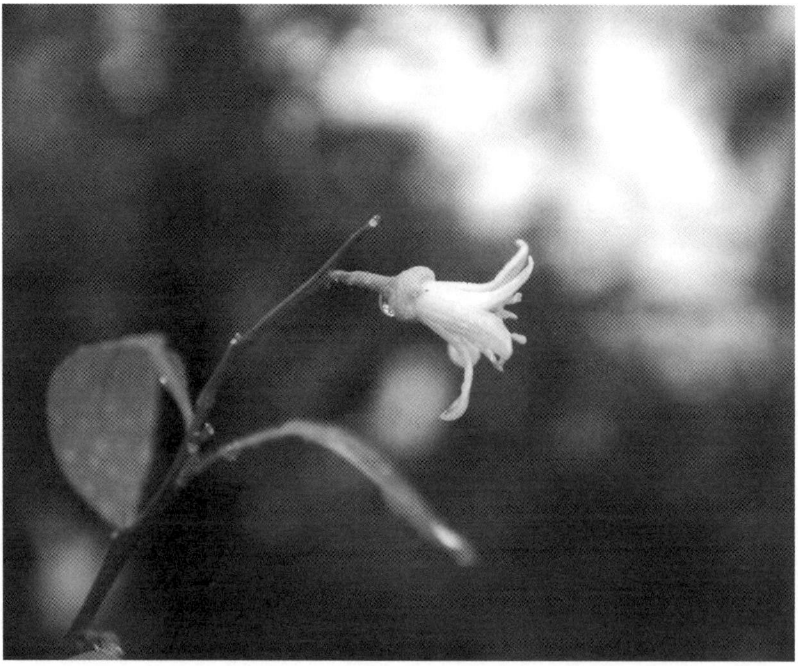

PART
03

**至味
在人间，
日日
有小暖**

酱菜

北平的酱菜，妙在不太咸，同时又不太甜

抗战时我和老向在后方，我调侃他说："贵地保定府可有什么名产？"他说："当然有。保定府，三宗宝，铁球、酱菜、春不老。"他并且说将来有机会必定向我献宝，让我见识见识。抗战胜利还乡，他果然实践诺言，从保定到北平来看我，携来一对铁球（北方老人喜欢放在手里揉玩的玩意儿），一篓酱菜，春不老因不是季节所以不能带。铁球且不说，那篓酱菜我起初未敢小觑，胜地名产，当有可观。油纸糊的篓子，固然简陋，然凡物不可貌相。打开一看，原来是什锦酱菜，萝卜、黄瓜、花生、杏仁都有。我捏一块放进嘴里，哇，比北平的大腌萝卜"棺材板"还咸！

北平的酱菜，妙在不太咸，同时又不太甜。粮食店的六必居，因为匾额是严嵩写的（三个大字确是写得好），格外地有号召力，多少人跑老远的路去买他的酱菜。我个人的经验是，盛名之下，其实难副。铁门也有一家酱园，遐迩闻名，也没有什么特殊。倒是金鱼胡同市场对面的天义顺，离我家近，货色新鲜。

酱菜的花样虽多，要以甜酱萝卜为百吃不厌的正宗。这种萝卜，细长质美，以制酱菜恰到好处。他处的萝卜嫌水分太多，质地不够坚实，酱出来便不够脆，不禁咀嚼。可见一切名产，固有赖于手艺，实则材料更为重要。甘

露，作螺蛳状，清脆可口，是别处所没有的。

有两样酱菜，特别宜于做烹调的配料。一个是酱黄瓜炒山鸡丁。过年前后，野味上市，山鸡（即雉）最受欢迎，那彩色的长尾巴就很好看。取山鸡胸肉切丁，加进酱黄瓜块大火爆炒，临起锅时再投入大量的葱块，浇上麻油拌匀。炒出来鸡肉白嫩，裹上酱黄瓜又咸又甜的滋味，是年菜中不可少的一味，要冷食。北地寒，炒一大锅，经久不坏。

另一味是酱白菜炒冬笋。这是一道热炒。北方的白菜又白又嫩。新从酱缸出来的酱白菜，切碎，炒冬笋片，别有风味，和雪里蕻炒笋、荠菜炒笋、冬菇炒笋迥乎不同。

日本的酱菜，太咸太甜，吾所不取。

烧鸭

鸭一定要肥，肥才嫩

北平烤鸭，名闻中外。在北平不叫烤鸭，叫烧鸭，或烧鸭子，在口语中加一子字。

《北平风俗杂咏》严辰《忆京都词》十一首，第五首云：

忆京都·填鸭冠寰中
烂煮登盘肥而美，加之炮烙制尤工。
此间亦有呼名鸭，骨瘦如柴空打杀。

严辰是浙人，对于北平填鸭之倾倒，可谓情见乎词。

北平苦旱，不是产鸭盛地，唯近在咫尺之通州得运河之便，渠塘交错，特宜畜鸭。佳种皆纯白，野鸭花鸭则非上选。鸭自通州运到北平，仍需施以填肥手续。以高粱及其他饲料揉搓成圆条状，较一般香肠热狗为粗，长约四寸。通州的鸭子师傅抓过一只鸭来，夹在两条腿间，使不得动，用手掰开鸭嘴。以粗长的一根根的食料蘸着水硬行塞入。鸭子要叫都叫不出声，只有眨巴眼的份儿。塞进口中之后，用手紧紧地往下捋鸭的脖子，硬把那一根根的东西挤送到鸭的胃里。填进几根之后，眼看着再填就要撑破肚皮，这才松手，把鸭关进一间不见天日的小棚子里。几十百只鸭关在一起，像沙丁鱼，绝无活动余地，只是尽量给予水喝。这样关了若干天，天天扯出来填，非肥不可，故名填鸭。一来鸭子品种好，二来师傅手艺高，所以填鸭为北平所独有。抗战时期在后方有一家餐馆试行填鸭，三分之一死去，没死的虽非骨瘦如柴，也并不很肥，这是我亲眼看到的。鸭一定要肥，肥才嫩。

北平烧鸭，除了专门卖鸭的餐馆如全聚德之外，是由便宜坊（即酱肘子铺）发售的。在馆子里亦可吃烤鸭，例如在福全馆宴客，就可以叫右边邻近的一家便宜坊送了过来。自从宣外的老便宜坊关张以后，要以东城的金鱼胡同口的宝华春为后起之秀，楼下门市，楼上小楼一角最是吃烧鸭的好地方。在家里，打一个电话，宝华春就会派一个小利巴，用保温的铅铁桶送来一只才出炉的烧鸭，油淋淋的，烫手热的。附带着他还管代蒸荷叶饼葱酱之类。他在席旁小桌上当众片鸭，手艺不错，讲究片得薄，每一片有皮有油有肉，随后一盘瘦肉，最后是鸭头鸭尖，大功告成。主人高兴，赏钱两吊，小利巴欢天喜地称谢而去。

填鸭费工费料，后来一般餐馆几乎都卖烧鸭，叫作叉烧烤鸭，连焖炉的设备也省了，就地一堆炭火一根铁叉就能应市。同时用的是未经填肥的普通鸭子，吹凸了鸭皮晾干一烤，也能烤得焦黄进脆。但是除了皮就是肉，没有黄油，味道当然差得多。有人到北平吃烤鸭，归来盛道其美，我问他好在哪里，他说："有皮，有肉，没有油。"我告诉他："你还没有吃过北平烤鸭。"

所谓一鸭三吃，那是广告噱头。在北平吃烧鸭，照例有一碗滴出来的油，有一副鸭架装。鸭油可以蒸蛋羹，鸭架装可以熬白菜，也可以煮汤打卤。馆子里的鸭架装熬白菜，可能是预先煮好的大锅菜，稀汤洸水，索然寡味。会吃的人要把整个的架装带回家里去煮。这一锅汤，若是加口蘑（不是冬菇，不是香蕈）打卤，卤上再加一勺炸花椒油，吃打卤面，其味之美无与伦比。

酸梅汤与糖葫芦
北平不分阶级人人都能享受的事

夏天喝酸梅汤，冬天吃糖葫芦，在北平是不分阶级人人都能享受的事。不过东西也有精粗之别。琉璃厂信远斋的酸梅汤与糖葫芦，特别考究，与其他各处或街头小贩所供应者大有不同。

徐凌霄《旧都百话》关于酸梅汤有这样的记载：

> 暑天之冰，以冰梅汤为最流行，大街小巷，干鲜果铺的门口，都可以看见"冰镇梅汤"四字的木檐横额。有的黄底黑字，甚为工致，迎风招展，好似酒家的帘子一样，使过往的热人，望梅止渴，富于吸引力。昔年京朝大老，贵客雅流，有闲工夫，常常要到琉璃厂逛逛书铺，品品古董，考考版本，消磨长昼。天热口干，辄以信远斋梅汤为解渴之需。

信远斋铺面很小，只有两间小小门面，临街是旧式玻璃门窗，拂拭得一尘不染，门楣上一块黑漆金字匾额，铺内清洁简单，道地北平式的装修。进门右手方有黑漆大木桶一，里面有一大白瓷罐，罐外周围全是碎冰，罐里是酸梅汤，所以名为冰镇，北平的冰是从什刹海或护城河挖取藏在窖内的，冰块里可以看见草皮木屑，泥沙秽物更不能免，是不能放在饮料里喝的。什刹海会贤堂的名件"冰碗"，莲蓬、桃仁、杏仁、菱角、藕都放在冰块上，食客不嫌其脏，真是不可思议。有人甚至把冰块放在酸梅汤里！信远斋的冰镇就高明多了。因为桶大罐小冰多，喝起来凉沁脾胃。他的酸梅汤的成功秘诀，是冰糖多、梅汁稠、水少，所以味浓而酽。上口冰凉，甜酸适度，含在嘴里如品纯醪，舍不得下咽。很少人能站在那里喝那一小碗而不再喝一碗的。抗战胜利还乡，我带孩子们到信远斋，我准许他们能喝多少碗都可以，他们连尽七碗方始罢休。我每次去喝，不是为解渴，是为解馋。我不知道为什么没有人动脑筋把信远斋的酸梅汤制为罐头行销各地，而一任"可口可乐"到处猖狂。

信远斋也卖酸梅卤、酸梅糕。卤冲水可以制酸梅汤，但是无论如何不能像站在那木桶旁边细啜那样有味。我自己在家也曾试做，在药铺买了乌梅，在干果铺买了大块冰糖，不惜工本，仍难如愿。信远斋掌柜姓萧，一团和气，我曾问他何以仿制不成，他回答得很妙："请您过来喝，别自己费事了。"

信远斋也卖蜜饯、冰糖子儿、糖葫芦，以糖葫芦为最出色。北平糖葫芦分三种。一种用麦芽糖，北平话是糖稀，可以做大串山里红的糖葫芦，可以长达五尺多，这种大糖葫芦，新年厂甸卖得最多。麦芽糖裹水杏儿（没长大的绿杏），很好吃，做糖葫芦就不见佳，尤其是山里红常是烂的或是带虫子屎。另一种用白糖和了粘上去，冷了之后白汪汪的一层霜，别有风味。正宗是冰糖葫芦，薄薄一层糖，透明雪亮。材料种类甚多，诸如海棠、山药、山药豆、杏干、葡萄、橘子、荸荠、核桃，但是以山里红为正宗。山里红，即山楂，北地盛产，味酸，裹糖则极可口。一般的糖葫芦皆用半尺来长的竹签，街头小贩所售，多染尘沙，而且品质粗劣。东安市场所售较为高级。但仍以信远斋所制为最精，不用竹签，每一颗山里红或海棠均单个独立，所用之果皆硕大无疵，而且干净，放在垫了油纸的纸盒中由客携去。

　　离开北平就没吃过糖葫芦，实在想念。近有客自北平来，说起糖葫芦，据称在北平这种不属于任何一个阶级的食物几已绝迹。他说我们在台湾自己家里也未尝不可试做，台湾虽无山里红，其他水果种类不少，沾了冰糖汁，放在一块涂了油的玻璃板上，送入冰箱冷冻，岂不即可等着大嚼？他说他制成之后将邀我共尝，但是迄今尚无下文，不知结果如何。

满汉细点

北平饽饽铺的点心

北平的点心店叫作饽饽铺。都有一座细木雕花的门脸儿，吊着几个木牌，上面写着"满汉细点"什么的。可是饽饽都藏在里面几个大盒子大柜子里，并不展示在外，而且也没有什么货品价格表之类的东西。进得铺内，只觉得干干净净，空空洞洞，香味扑鼻。

满汉细点，究竟何者为满何者为汉，现已分辨不清。至少从名称看来，"萨其马"该是满洲点心。我请教过满洲旗人，据告萨其马是满文的蜜甜之意，我想大概是的。这东西是油炸黄米面条，像蜜供似的，但是很细很细，加上蜜拌匀，压成扁扁的一大块，上面洒上白糖和染红了的白糖，再加上一层青丝红丝，然后切成方形的块块。很甜，很软和，但是很好吃。如今全国各处无不制售萨其马，块头太大太厚，面条太粗太硬，蜜太少，名存实亡，全不对劲。

蜂糕也是北平特产，有黄白两种，味道是一样的。是用糯米粉调制蒸成，呈微细蜂窝状，故名。质极松软，微黏，与甜面包大异其趣。内羼少许核桃仁，外裹以薄薄的豆腐皮以防粘着蒸器。蒸热再吃尤妙，最宜病后。

花糕月饼是秋季应时食品。北方的翻毛月饼，并不优于江南的月饼，更与广式月饼不能相比，不过其中有一种山楂馅的翻毛月饼，薄薄的小小的，我认为风味很好，别处所无。大抵月饼不宜过甜，不宜太厚，山楂馅带有酸味，故不觉其腻。至于花糕，则是北平独有之美点，在秋季始有发售，有粗细两品，有荤素两味。主要的是两片枣泥馅的饼，用模子制成，两片之间夹了胡桃、红枣、松子、缩葡之类的干果，上面盖一个红戳子，贴几片芫荽叶。清杨敬亭《都门杂咏》里有这样一首竹枝词：

中秋才过又重阳，
又见花糕各处忙。
面夹双层多枣栗，
当筵题句傲刘郎。

一般饽饽铺服务周到。我家小园有一架紫藤，花开累累，满树满枝，乃摘少许，洗净，送交饽饽铺代制藤萝饼，鲜花新制，味自不同。又红玫瑰初放（西洋品种肥大而艳，但少香气），亦常摘取花瓣，送交肆中代制玫瑰饼，气味浓馥，不比寻常。

说良心话，北平饼饵除上述几种之外很少令人怀念的。有人艳称北平的"大八件""小八件"，实在令人难以苟同。所谓大八件无非是油糕、蓼花、大自来红、自来白等，小八件不外是鸡油饼、卷酥、绿豆糕、槽糕之类。自来红、自来白乃是中秋上供的月饼，馅子里面有些冰糖，硬邦邦的，大概只宜于给兔爷儿吃。蓼花甜死人！绿豆糕噎死人！大八件、小八件如果装在盒子里，那盒子也吓人，活像一口小棺材，而木板尚未刨光。若是打个蒲包，就好看得多。

有所谓"缸捞"者，有人写作"干酪"，我不知究竟怎样写法。是圆饼子，中央微凸，边微薄，无馅，上面常撒上几许桂花，故称桂花缸捞。探视妇人产后，常携此为馈赠。此物松软合度，味道颇佳，我一向喜欢吃，后来听一位在外乡开点心铺的亲戚说，此物乃是聚集簸箩里的各种饽饽碎渣加水揉和再行烘制而成。然物美价廉不失为一种好的食品。"薄脆"也不错，又薄又脆。都算是平民食物。

"茯苓饼"其实没有什么好吃，沾光茯苓二字。《淮南子》："千年之松，下有茯苓。"是一种地下菌，生在山林中松根之下。李时珍说："盖松之神，灵之气，伏结而成。"无端给它加上神灵色彩，于是乃入药，大概吃了许有什么神奇之效。北平前门大街正明斋所制茯苓饼最负盛名，从前北人南游常携此物馈赠亲友。直到如今，有人从北平出来还带一盒茯苓饼给我，早已脆碎坚硬不堪入口。即使是新鲜的，也不过是飞薄的两片米粉糊烘成的饼，夹以黑乎乎的一些碎糖黑渣而已。

满洲饽饽还有一品叫作"桌张"，俗称饽饽桌子，是丧事人家常用的祭礼。半生不熟的白面饼子，稍加一些糖，堆积起来一层层的有好几尺高，放在灵前供台上的两旁。凡是本家姑奶奶之类的亲属没有不送饽饽桌子的。可壮观瞻，不堪食用。丧事过后，弃之可惜，照例分送亲友以及佣人小孩。我小时候遇见几次丧事，分到过十个八个这样的饽饽，童子无知，称之为"死人饽饽"，放在火炉口边烤熟，啃起来也还不错，比根本没有东西吃好一些。清人得硕亭竹枝词《草珠一串》有一首咏其事：

满洲糕点样原繁，
踵事增华不可言。
唯有椑张遗旧制，
几同告朔饩羊存。

核桃酪

母亲做的核桃酪舍不得一口咽下去

玉华台的一道甜汤核桃酪也是非常叫好的。

有一年,先君带我们一家人到玉华台午饭。满满的一桌,祖孙三代。所有的拿手菜都吃过了,最后是一大钵核桃酪,色香味俱佳,大家叫绝。先慈说:"好是好,但是一天要卖出多少钵,需大量生产,所以只能做到这个样子,改天我在家里试用小锅制作,给你们尝尝。"我们听了大为雀跃。回到家里就天天腻着她做。

我母亲做核桃酪,是根据她为我祖母做杏仁茶的经验揣摩着做的。我祖母的早点,除了燕窝、哈什玛、莲子等之外,有时候也要喝杏仁茶。街上卖的杏仁茶不够标准,要我母亲亲自做。虽是只做一碗,材料和手续都不能缺少,久之也就做得熟练了。核桃酪和杏仁茶性质差不多。

核桃来自羌胡,故又名胡桃,是张骞时传到中土的,北方盛产。取现成的核桃仁一大捧,用沸水泡。司马光幼时倩人用沸水泡,以便易于脱去上面的一层皮,而谎告其姊说是自己剥的,这段故事是大家所熟悉的。开水泡过之后要大家帮忙剥皮的,虽然麻烦,数量不多,顷刻而就。在馆子里据说是用硬毛刷去刷的。核桃要捣碎,越碎越好。

取红枣一大捧,也要用水泡,泡到涨大的地步,然后煮,去皮,这是最烦人的一道手续。枣树在黄河两岸无处不有，而以河南灵宝所产为最佳，枣大而甜。北平买到的红枣也相当肥大，不似台湾这里中药店所卖的红枣那样瘦小。可是剥皮取枣泥还是不简单。我们用的是最简单的笨法，用小刀刮，刮出来的枣泥绝对不带碎皮。

白米小半碗，用水泡上一天一夜，然后捞出来放在捣蒜用的那种较大的缸钵里，用一根捣蒜用的棒槌（当然都要洗干净使不带蒜味，没有捣过蒜的当然更好），尽力地捣，要把米捣得很碎，随捣随加水。碎米渣滓连同汁水倒在一块纱布里，用力拧，拧出来的浓米浆留在碗里待用。

煮核桃酪的器皿最好是小薄铫。铫读如吊。《正字通》："今釜之小而有柄有流者亦曰铫。"

铫是泥沙烧成的，质料像砂锅似的，很原始，很粗陋，黑黝黝的，但是非常灵巧而有用，煮点东西不失原味，远较铜锅铁锅为优，可惜近已淘汰了。

把米浆、核桃屑、枣泥和在一起在小薄铫里煮，要守在一旁看着，防溢出。很快地就煮出了一铫子核桃酪。放进一点糖，不要太多。分盛在三四个小碗（莲子碗）里，每人所得不多，但是看那颜色，微呈紫色，枣香、核桃香扑鼻，喝到嘴里黏糊糊的、甜滋滋的，真舍不得一下子咽到喉咙里去。

汤包

吃汤包的乐趣，大部分在那一抓一吸之间

说起玉华台，这个馆子来头不小，是东堂子胡同杨家的厨子出来经营掌勺。他的手艺高强，名作很多，所做的汤包，是故都的独门绝活。

包子算得什么，何地无之？但是风味各有不同。上海沈大成、北万馨、五芳斋所供应的早点汤包，是令人难忘的一种。包子小，小到只好一口一个，但是每个都包得俏式，小蒸笼里垫着松针（可惜松针时常是用得太久了一些），有卖相。名为汤包，实际上包子里面并没有多少汤汁，倒是外附一碗清汤，表面上浮着七条八条的蛋皮丝，有人把包子丢在汤里再吃，成为名副其实的汤包子。这种小汤包馅子固然不恶，妙处却在包子皮，半酸半不酸，薄厚适度，制作上颇有技巧。台北也有人仿制上海式的汤包，得其仿佛，已经很难得了。

天津包子也是远近驰名的，尤其是狗不理的字号十分响亮。其实不一定要到狗不理去，搭平津火车一到天津西站就有一群贩卖包子的高举笼屉到车窗前，伸胳膊就可以买几个包子。包子是扁扁的，里面确有比一般为多的汤汁，汤汁中有几块碎肉葱花。有人到铺子里吃包子，才出笼的，包子里的汤汁曾有烫了脊背的故事，因为包子咬破，汤汁外溢，流到手掌上，一举手乃顺着胳膊流到脊背。不知道是否真有其事，不过天津包子确是汤汁多，吃的

时候要小心，不烫到自己的脊背，至少可以溅到同桌食客的脸上。相传的一个笑话：两个不相识的人据一张桌子吃包子，其中一位一口咬下去，包子里的一股汤汁直飙过去，把对面客人喷了个满脸花。肇事的这一位并未觉察，低头猛吃。对面那一位很沉得住气，不动声色。堂倌在一旁看不下去，赶快拧了一个热手巾把送了过去，客徐曰："不忙，他还有两个包子没吃完哩。"

玉华台的汤包才是真正的含着一汪子汤。一笼屉里放七八个包子，连笼屉上桌，热气腾腾，包子底下垫着一块蒸笼布，包子扁扁地塌在蒸笼布上。取食的时候要眼明手快，抓住包子的皱褶处猛然提起，包子皮骤然下坠，像是被婴儿吮瘪了的乳房一样，趁包子没有破裂赶快放进自己的碟中，轻轻咬破包子皮，把其中的汤汁吸饮下肚，然后再吃包子的空皮。没有经验的人，看着笼里的包子，又怕烫手，又怕弄破包子皮，犹犹豫豫，结果大概是皮破汤流，一塌糊涂。有时候堂倌代为抓取。其实吃这种包子，其乐趣一大部分就在那一抓一吸之间。包子皮是烫面的，比烫面饺的面还要稍硬一点，否则包不住汤。那汤原是肉汁冻子，打进肉皮一起煮起的，所以才能凝结成为包子馅。汤里面可以看得见一些碎肉渣子。这样的汤味道不会太好。我不太懂，要喝汤为什么一定要灌在包子里然后再喝。

铁锅蛋

吃铁锅蛋，必配美国奶酪

北平前门外大栅栏中间路北有一个窄窄的小胡同，走进去不远就走到底，迎面是一家军衣庄，靠右手一座小门儿，上面高悬一面扎着红绸的黑底金字招牌"厚德福饭庄"。看起来真是不起眼，局促在一个小巷底，没去过的人还是不易找到。找到了之后看那门口里面黑咕隆咚的，还是有些不敢进去。里面楼上楼下各有两三个雅座，另外三五个散座，那座楼梯又陡又窄，险巇难攀。可是客人一踏进二门，柜台后门的账房苑先生就会扯着大嗓门儿高呼："看座儿！"他的嗓门儿之大是有名的，常有客人一进门就先开口："您别喊，我带着孩子呢，小孩儿害怕。"

厚德福饭庄地方虽然逼仄，名气不小，是当时唯一老牌的河南馆子。本是烟馆，所以一直保存那些短炕，附带着卖些点心之类，后来实行烟禁，就改为饭馆了。掌柜的陈莲堂是开封人，很有一把手艺，能制道地的河南菜。时值袁世凯当国，河南人士弹冠相庆之下，厚德福的声誉因之鹊起。嗣后生意日盛，但是风水关系，老址绝不迁移，而且不换装修，一副古老简陋的样子数十年不变。为了扩充营业，先后在北平的城南游艺园、沈阳、长春、黑龙江、西安、青岛、上海、香港、重庆、北碚等处开设分号。陈掌柜手下高徒，一个个地派赴各地分号掌勺。这是厚德福的简史。

厚德福的拿手菜颇有几样，请先谈谈铁锅蛋。

吃鸡蛋的方法很多，炒鸡蛋最简单。常听人谦虚地说："我不会做菜，只会炒鸡蛋。"说这句话的人一定不会把一盘鸡蛋炒得像个样子。摊鸡蛋是把打过的蛋煎成一块圆形的饼，"烙饼卷摊鸡蛋"是北方乡下人的美食。蒸蛋羹花样繁多，可以在表面上敷一层干贝丝、虾仁、蛤蜊肉……至不济撒上一把肉松也成。厚德福的铁锅蛋是烧烤的，所以别致。当然先要置备黑铁锅一个，口大底小而相当高，铁要相当厚实。在打好的蛋里加上油盐作料，羼一些肉末绿豌豆也可以，不可太多，然后倒在锅里放在火上连烧带烤，烤到蛋涨到锅口，作焦黄色，就可以上桌了。这道菜的妙处在于铁锅保温，上了桌还有嗞嗞响的滚沸声，这道理同于所谓的"铁板烧"，而保温之久尤过之。我的朋友李清悚先生对我说，他们南京人所谓"涨蛋"也是同样地好吃。我到他府上尝试过，确是不错，蛋涨得高高的起蜂窝，切成菱形块上桌，其缺憾是不能保温，稍一冷却蛋就缩塌变硬了。还是要让铁锅蛋独擅胜场。

赵太侔先生在厚德福座中一时兴起，点了铁锅蛋，从怀中掏出一元钱，令伙计出去买干奶酪（cheese），嘱咐切成碎丁羼在蛋里，要美国奶酪，不要瑞士的，因为美国的比较味淡，容易被大家接受。做出来果然气味喷香，不同凡响，从此悬为定例，每吃铁锅蛋必加奶酪。

现在我们有新式的电炉烤箱，不一定用铁锅，禁烧烤的玻璃盆（casserole）照样地可以做这道菜，不过少了铁锅那种原始粗犷的风味。

水晶虾饼

白如凝脂，温如软玉，入口松而脆

虾，种类繁多。《尔雅翼》所记："今闽中五色虾，长尺余，具五色。梅虾，梅雨时有之。芦虾，青色，相传芦苇所变。泥虾，稻花变成，多在泥田中。又虾姑，状如蜈蚣，一名管虾。"芦苇稻花会变虾，当然是神话。

虾不在大，大了反倒不好吃。龙虾一身铠甲，须爪戟张，样子十分威武多姿，可是剥出来的龙虾肉，只适合做沙拉，其味不过尔尔。大抵咸水虾，其味不如淡水虾。

虾要吃活的，有人还喜活吃。西湖楼外楼的"炝活虾"，是在湖中用竹篓养着的，临时取出，欢蹦乱跳，剪去其须吻足尾，放在盘中，用碗盖之。食客微启碗沿，以箸挟取之，在旁边的小碗酱油麻油醋里一蘸，送到嘴边用上下牙齿一咬，像嗑瓜子一般，吮而食之。吃过把虾壳吐出，犹咕咕囔囔地在动。有时候嫌其过分活跃，在盘里泼进半杯烧酒，虾乃颓然醉倒。据闻有人吃活虾不慎，虾一跃而戳到喉咙里，几致丧生。生吃活虾不算稀奇，我还看见过有人生吃活螃蟹呢！

炝活虾，我无福享受。我只能吃油爆虾、盐焗虾、白灼虾。若是嫌剥壳麻烦，就只好吃炒虾仁、烩虾仁了。说起炒虾仁，做得最好的是福建馆子，记得北平西长安街的忠信堂是北平唯一的有规模的闽菜馆，做出来的清炒虾仁不加任何配料，满满一盘虾仁，鲜明透亮，而且软中带脆。闽人善治海鲜当推独步。烩虾仁则是北平饭庄的拿手，馆子做不好。饭庄的酒席上四小碗其中一定有烩虾仁，羼一点荸荠丁、勾芡，一切恰到好处。这一炒一烩，全是靠使油及火候，灶上的手艺一点也含糊不得。

虾仁剁碎了就可以做炸虾球或水晶虾饼了。不要以为剁碎了的虾仁就可以用不新鲜的剩货充数，瞒不了知味的吃客。吃馆子的老主顾，堂倌也不敢怠慢，时常会用他的山东腔说："二爷！甭起虾夷儿了，虾夷儿不信香。"（不用吃虾仁了，虾仁不新鲜。）堂倌和吃客合作无间。

水晶虾饼是北平锡拉胡同玉华台的杰作。和一般的炸虾球不同。一定要用白虾，通常是青虾比白虾味美，但是做水晶虾饼非白虾不可，为的是做出来颜色纯白。七分虾肉要加三分猪板油，放在一起剁碎，不要碎成泥，加上一点点芡粉，葱汁姜汁，捏成圆球，略按成厚厚的小圆饼状，下油锅炸，要用猪油，用温油，炸出来白如凝脂，温如软玉，入口松而脆。蘸椒盐吃。

自从我知道了水晶虾饼里大量羼猪油，就不敢常去吃它。连带着对一般馆子的炸虾球，我也有戒心了。

芙蓉鸡片
美食者不必是饕餮客

在北平，芙蓉鸡片是东兴楼的拿手菜。请先说说东兴楼。东兴楼在东华门大街路北，名为楼其实是平房，三进又两个跨院，房子不算大，可是间架特高，简直不成比例，据说其间还有个故事。当初兴建的时候，一切木料都已购妥，原是预备建筑楼房的，经人指点，靠近皇城根盖楼房有窥视大内的嫌疑，罪不在小，于是利用已有的木材改造平房，间架特高了。据说东兴楼的厨师来自御膳房，所以烹调颇有一手，这已不可考。其手艺属于烟台一派，格调很高。在北京山东馆子里，东兴楼无疑地当首屈一指。

一九二六年夏，时昭瀛自美国回来，要设宴邀请同学一叙，央我提调，我即建议席设东兴楼。彼时燕翅席一桌不过十六元，小学教师月薪仅三十余元，昭瀛坚持要三十元一桌。我到东兴楼吃饭，顺便订席。柜上闻言一惊，曰："十六元足矣，何必多费？"我不听。开宴之日，珍错杂陈，丰美自不待言。最满意者，其酒特佳。我吩咐茶房打电话到长发叫酒，茶房说不必了，柜上已经备好。原来柜上藏有花雕埋在地下已逾十年，取出一坛，羼以新酒，斟在大口浅底的细瓷酒碗里，色泽光润，醇香扑鼻，生平品酒此为第一。似此佳酿，酒店所无。而其开价并不特昂，专为留待嘉宾。当年北平大馆风范如此。预宴者吴文藻、谢冰心、瞿菊农、谢奋程、孙国华等。

北平饭馆跑堂都是训练有素的老手。剥蒜剥葱剥虾仁的小利巴，熬到独当一面的跑堂，至少要到三十岁左右的光景。对待客人，亲切周到而有分寸。在这一方面东兴楼规矩特严。我幼时侍先君饮于东兴楼，因上菜稍慢，我用牙箸在盘碗的沿上轻轻敲了叮当两响，先君急止我曰："千万不可敲盘碗作响，这是外乡客粗鲁的表现。你可以高声喊人，但是敲盘碗表示你要掀桌子。在这里，若是被柜上听到，就会立刻有人出面赔不是，而且那位当值的跑堂就要卷铺盖，真个的卷铺盖，有人把门帘高高掀起，让你亲见那个跑堂扛着铺盖卷儿从你门前急驰而过。不过这是表演性质，等一下他会从后门又转回来的。"跑堂待客要殷勤，客也要有相当的风度。

现在说到芙蓉鸡片。芙蓉大概是蛋白的意思，原因不明，"芙蓉虾仁""芙蓉干贝""芙蓉青蛤"皆曰芙蓉，料想是忌讳蛋字。取鸡胸肉，细切细斩，使成泥。然后以蛋白搅和之，搅到融和成为一体，略无渣滓，入温油锅中摊成一片片状。片要大而薄，薄而不碎，熟而不焦。起锅时加嫩豆苗数茎，取其翠绿之色以为点缀。如洒上数滴鸡油，亦甚佳妙。制作过程简单，但是在火候上恰到好处则见功夫。东兴楼的菜概用中小盘，菜仅盖满碟心，与湘菜馆之长箸大盘迥异其趣。或病其量过小，殊不知美食者不必是饕餮客。

抗战期间，东兴楼被日寇盘踞为队部。胜利后我返回故都，据闻东兴楼移帅府园营业，访问之后大失所望。盖已名存实亡，无复当年手艺。菜用大盘，粗劣庸俗。

由熊掌说起

烹调得法，日常食物均可令人满足

《中国语文》206期（第三十五卷第二期）刘厚醇先生《动物借用词》一文：

"鱼我所欲也，熊掌亦我所欲也；二者不可得兼，舍鱼而取熊掌也。"这是孟子的话。我怀疑孟子是否真吃过熊掌，我确信本刊的读者里没有人吃过熊掌。孟子这句话的意思是：假如不可能两个目标同时达到，应该放弃比较差一点的一个，而选择比较好一点的一个目标。熊掌和猩唇、驼峰全属于"八珍"，孟子用它来代表珍贵的东西；鱼是普通食物，代表平凡的东西。"鱼与熊掌"现在已经成为广泛通用的一句话，因为这个譬喻又简单又确切。（虽然，差不多所有的人全没吃过熊掌，如果当真的叫一般人去选择的话，恐怕全要"舍熊掌而取鱼也"！）

我也不知道孟子是否真吃过熊掌。若说"本刊的读者里没有人吃过熊掌"，则我不敢"确信"，因为我是"本刊的读者"之一，我吃过。

民国十一二年（编者注：1922-1923年）间，有一天侍先君到北平东兴楼小酌。我们平常到饭馆去是有固定的房间的，这一天堂倌抱歉地说："上房一排五间都被王正廷先生预订了，要委屈二位在南房左边一间将就一下。"这无所谓。不久，只见上房灯火辉煌，衣冠济济，场面果然很大。堂倌给我们上菜之后，小声私语："今天实在对不起，等一下我有一点外敬。"随后他端上了一盘热腾腾的黏糊糊的东西。他说今天王正廷宴客，有熊掌一味，他偷偷地匀出来一小盘，请我们尝尝。这虽然近似贼赃，但他一番雅意却之不恭，而且这东西的来历如何也正难言。一饮一啄，莫非前定。我们也就接受了。

熊掌吃在嘴里，像是一块肥肉，像是"寿司"，又像是鱼唇，又软又黏又烂又腻。高汤煨炖，味自不恶，但在触觉方面并不感觉愉快，不但不愉快，而且好像难以下咽。我们没有下第二箸，真是辜负了堂倌为我们做贼的好意。如果我有选择的自由，我宁舍熊掌而取鱼。

事有凑巧，初尝异味之后不久，过年的时候，厚德福饭庄黑龙江分号执事送来一大包东西，大概是年礼罢，打开一看，赫然熊掌，黑不溜秋的，上面还附带着一些棕色的硬毛。据说熊掌须用水发，发好久好久，然后洗净切片下锅煨煮，又要煮好久好久。而且煨煮之时还要放进许多美味的东西以为作料。谁有闲工夫搞这个劳什子！熊掌既为八珍之一，干脆，转送他人。

所谓八珍，历来的说法不尽相同，《礼记》内则提到的"淳熬、淳母、炮豚、炮牂、捣珍、渍、熬、肝营"，描述制作之法，其原料不外"牛、羊、麋、鹿、麕、豕、狗、狼"。近代的说法好像是包括"龙肝、凤髓、豹胎、鲤尾、鸮炙、猩唇、熊掌、酥酪蝉"。其中一部分好像近于神奇，一部分听起来就怪吓人的。所谓珍，全是动物性的。我常想，上天虽然待人不薄，口腹之欲究竟有个限度，天下之口有同嗜，真正的美食不过是一般色香味的享受，不必邪魔外道地去搜求珍异。偶阅明人徐树丕《识小录》，有《居服食三等语》一则：

> 汤东谷语人曰："学者须居中等屋，服下等衣，食上等食。何者？茅茨土阶，非今所宜。瓦屋八九间，仅藏图书足矣，故曰中等屋。衣不必绫罗锦绣也，夏葛冬布，适寒暑足矣，故曰下等衣。至于饮食，则当远求名胜之物，山珍海味，名茶法酒，色色俱备，庶不为凡流俗士，故曰上等食也。"

中等屋、下等衣，吾无闲言。唯所谓上等食，乃指山珍海味而言，则所见甚陋。以言美食，则鸡鸭鱼肉自是正味，青菜豆腐亦有其香，何必龙肝凤髓方得快意？苟烹调得法，日常食物均可令人满足。以言营养，则蛋白质、碳水化合物、菜蔬瓜果，匀配平衡，饮食之道能事尽矣。我当以为吃在中国，非西方所能望其项背，寻思恐未必然，传统八珍之说徒见其荒诞不经耳。

读《媛珊食谱》
食谱，一定要有用又有趣

食谱有两种：一种是文人雅士之闲情偶寄，以冷峻之笔，写饮食之妙，读其文字即有妙趣，不一定要操动刀匕，照方调配；另一种是专供家庭参考，不惜详细说明，金针度人。齐夫人黄媛珊女士的食谱（《今日妇女》半月刊社发行）是属于后者，所刊列菜谱凡二十七类一百五十四色，南北口味，中西做法，均能融会贯通，切合实用，实为晚近出版品中一部有用而又有趣的书。

虽然饮食是人之大欲，天下之口有同嗜，但烹调而能达到艺术境界，则必须有高度文化做背景。所谓高度文化，包括一个必要条件，那就是充裕的经济状况。在饥不择食的情形之下，谈不到什么食谱。淮扬的菜能独树一帜，那是因为当年盐商集中在那一带，穷奢极侈，烹饪自然跟着讲究。豫菜也曾盛极一时，那是因为河工人员缺肥，虚靡无已，自然要享受一点口腹之欲。"吃在广州"，早已驰誉全国，那是因为广州自古为市舶之所，海外贸易的中心，所以富庶的人家特多，当然席丰履厚。直到如今广州的菜场特多，鱼肉充斥，可以说甲于全国，据说有些钟鸣鼎食之家所豢养的婢妾往往在烹饪上都各有擅长，每人贡献一样拿手菜，即可成一盛席。只有在贫富悬殊而社会安定生活闲适的状态之下，烹饪术才能有特殊发展。

奢侈之风并不足为训。在节约的原则之下,饮食还是应该考究的。营养的条件之应该顾到,自不待言。即普通日常菜肴,在色、香、味上用一番心,也是有益的事。同样的一棵白菜,同样的一块豆腐,处理的方法不同,结果便大有优劣之判。《媛珊食谱》之可贵处,即在其简明易行,非专为富贵人家设计。

中国的地方大,交通不便,物产种类不同,所以有许多省份各有其独特的烹饪作风。北方的菜有山东、河南两派,山东菜又有烟台与济南之别。北平虽是多年的帝王之都,也许正因为是帝王之都,并没有独特的北平菜,而只是集各省之大成。真正北平地方的菜,恐怕只能以"烧燎白煮"为代表,由于地近满蒙的关系,只能有这种较为原始的烹调,似乎还谈不到烹饪艺术。北平讲究一点的馆子还是以山东菜为正宗,灶上非烟台人即济南人。北方菜,包括鲁豫在内,是自成一个体系的。江浙一带则为另一体系。川黔为又一体系。闽粤为又一体系。有人说北方菜多葱蒜,江浙菜多糖,川黔菜多辣椒,是其不同的所在。这是一说。有人就烹饪技巧而言,则只承认有三大体系,山东、江苏、广东。不过无论怎样分析,从前各省独特的作风,近三十年来已逐渐泯灭而有趋于混合的趋势。从前在饮食上不但省界分明,而且各地著名的饭馆都各有其少数的拿手菜,一时独步,绝无仿效之说。例如在北平,河南馆绝不做"爆肚仁",山东馆绝不做"瓦块鱼",你要吃"烩乌鱼钱"就要到东兴楼,你要吃"潘鱼""江豆腐"就要到同和居。在一个馆子里点他所没有的菜,不但无法供应,而且也显示了吃客的外行。近年来则人民流动频繁,固定的土著渐少,而商业竞争剧烈,烹饪之术也跟着彼此仿效,点菜的人知识不够胡乱点菜,做菜的人也就勉强应付。北平顶道地的山东馆也学着做淮扬菜,淮扬馆也掺杂了广东菜。烹饪上已渐实现全国性的大混合。我们读《嫒珊食谱》即可意味到此种混合的趋势。作者是广东人，精于粤菜，但对于北方菜川扬菜也同样内行。事实上普通中上人家，在吃的艺术上稍微注意一点的，大概无不网罗各地做法改换口味。

各省烹饪术的混合在一方面看是不可避免的进步，在烹饪艺术上可能是一项遗憾。姑以烤鸭来说。北平烤鸭（用北平话来说应是"烧鸭子"），原以米市胡同的老便宜坊为最出色，填鸭师傅照例是通州人，鸭种很重要，填喂的技术也有考究。看鸭子把式一手揪着鸭子的脖子吊在半空，一手把预先搓好的二三寸长的饲料一根一根地塞在鸭嘴里，然后顺着鸭子的脖子硬往下捋，如连珠一般地一口气塞下十来条，然后把鸭子掷在一个无法行动的小地方，除了喝水以外休想能有任何运动。如是一天三次，鸭子焉能不肥？吊在炉里烤，密不通气，所以名之为"吊炉烧鸭"。这种烧鸭，在北平到处都有得卖，逐渐米市胡同那一家老便宜坊反倒因为地僻而不被人注意了，终于倒闭。烤鸭现已风行天下，而真正吃到过上好的北平烧鸭者如今又有几人？精烹饪者往往有独得之秘，还附带有许多客观条件，方能独步一时，仿效是不容易达到十分完美境界的。

烹饪的技巧可以传授，但真正独得之秘也不是尽人而能的。当厨子从学徒做起，从剥葱剥蒜起以至于掌勺，在厨房里耳濡目染若干年，照理也应该精于此道，然而神而通之蔚为大家者究不可多得。盖饮食虽为小道，也要有赖于才。要手艺的菜，"火候"固然重要，而"使油"尤为一大关键，冷油、温油、热油，其间差不得一点。名厨难得，犹之乎戏剧的名角，一旦凋谢，其作品便成"广陵散"矣。

一般人通认中国菜优于外国菜。究竟是怎样地优，则我经验不足，不敢妄论。读《嫒珊食谱》毕，略述感想，以当介绍。

《饮膳正要》
专门讲究饮食的最早的一部书

我们中国旧书专门讲究饮食一道的恐怕是以《饮膳正要》为最早的一部。此书作者是元朝的一位"饮膳太医",名忽思慧,书成于天历三年。按天历是元文宗的年号,文宗在位五年,天历三年是西历一三二〇年,距今已六百五十余年。作者姓名据《四部丛刊》影印本(张元济跋谓为明景泰间重刻本)是忽思慧,《四库提要》作者和斯辉,字不同而音近,显然是译音,作者必是内蒙古人。《四库提要》作者和斯辉,必是根据另一版本。皕宋楼与铁琴铜剑楼藏本均属明刻,事实上此书传本极稀,世面流通多为抄本,作者译名有异亦不足奇。所谓饮膳太医是元朝的官名,元世祖时设掌饮膳太医四人,是忽思慧乃四人中之一。他的进书奏云:

臣思慧自延祐年间选充饮膳之职,于兹有年,久叨天禄,退思无以补报,敢不竭书忠诚,以答洪恩之万一。是以日有余闲,与赵国公臣普兰奚,将累朝亲侍进用奇珍异馔,汤膏煎造,及诸家本草,名医方术,并日所必用谷肉果菜,取其性味补益者,集成一书,名曰《饮膳正要》,分为三卷。本草有未收者,今即采摭附写。伏望陛下恕其狂妄,察其愚忠,以燕闲之际,鉴先圣之保摄，顺当时之气候，弃虚取实，期以获安，则圣寿跻于无疆，而四海咸蒙其德泽矣。谨献所述《饮膳正要》一集以闻，伏乞圣览下情，不胜战栗激切屏营之至。

这本书是给皇帝看的，据虞集序言，皇帝看了之后"命中院使臣拜任刻绎而广传之。兹举也，益欲推一人之安而使天下之人举安，推一人之寿而使天下之人皆寿，恩泽之厚岂有加于此者哉"？虞集非劣，世称邵庵先生，学问博洽，辞章典雅，而奉命撰序也只能摭拾浮言歌功颂德一番而已。帝王淫威之下的词臣文士大抵都有此一副可怜相。

此书号称三卷，其实薄薄一册，一百六十六页，页十行，行二十字。卷一讲的是诸般避忌，聚珍异馔。卷二讲的是诸般汤煎、诸水、神仙服饵、食疗诸病，以及食物相反中毒等。卷三讲的是米谷品、兽品、禽品、鱼品、果

菜品、料物。

关于养生避忌，有不少无稽之谈，例如，"夫上古之人，其知道者，法于阴阳，和于术数，饮食有节，起居有常，不妄作劳，故能而寿。今时之人不然也……故半百衰者多矣"。这是向往黄金时代的臆想。还有许多可笑的避忌，例如，"勿向西北大小便""勿燃灯房事""口勿吹灯火，损气""立秋日不可澡浴"，等等。但是也有许多很正确的见解，如"先饥而食，食勿令饱；先渴而饮，饮勿令过；食欲数而少，不欲顿而多"，皆是不刊之论。再如"食讫温水漱口""清旦刷牙不如夜刷牙"，见解也是很摩登的。至于胎教之说，殊无根据。

所谓聚珍异馔，也是虚有其名，大抵离不开羊肉、羊心、羊肺、羊尾、羊头、羊肝、羊蹄、羊舌，可见未脱内蒙古风尚。所谓的"珍味奇品，咸萃内府"，也不过是鹿、狼、熊、鲤鱼、雁，数品而已。比起后来传说中之满汉全席，珍馐百色罗列当前，犹感无下箸处，繁简之差不可以道里计矣。大概元朝享国日浅，皇帝作威作福之丑态尚未尽致发挥。

"肝生"就是羊肝生吃之谓。羊肝、生姜、萝卜、香菜、蓼子，各切细丝，用盐醋芥末调和。在杭州西湖楼外楼吃"鱼生""虾生"，有人赞为美味，原来羊肝亦可生食，有此等事！

"水晶角儿""撒列角儿""时萝角儿"，角儿疑即"饺饵"。角读如矫，故易误为饺。时萝角儿说明是"用滚水搅熟做皮"，当是今之所谓烫面饺。北方人把饺子当作上品，由来已久，皇帝的食谱上也有著录。馒头而有馅，今则谓之包子，从前似是没有分别。今亦有称包子为馒头者。

犬为六畜之一，不但可供食用，祭祖也用得着它。《饮膳正要》对犬肉做如是之说明："犬肉味咸温，无毒，安五脏，补绝伤，益阳道，补血脉，厚肠胃，实下焦，填精髓。"作用如是之广大！西人以食狗肉为野蛮，适见其少见多怪，国人随声附和，则数典忘祖矣。我未曾尝过狗肉，亦不想试之，唯谓为野蛮，则不敢赞一词。

《饮膳正要》在食谱部分，标举品名、主治、材料、做法，虽嫌简陋，但层次井然，已粗具食谱之规模。其最大缺点为饮膳与医疗混为一谈，一似某物可治某症，至少是"补中益气""生津止渴"。于是有所谓"食疗"之说。其中颇有附会可笑者，例如，"鸳鸯，味咸平，有小毒，主治瘘疮，若夫妇不和者，作羹私与食之，即相爱"。卢照邻诗："得成比目何辞死，愿作鸳鸯不羡仙。"只是譬喻罢了，难道吃了鸳鸯肉便可以晨夕交颈？再如，"马肉……长筋骨，强腰膝，壮健轻身""白马茎……令人有子""马心主喜忘"，都属于联想附会之说。至于神仙服食云云，更是荒诞不经，所谓"铁瓮先生琼玉膏"，服此一料可寿百岁以至三百六十岁，而且还"勿轻示人"！有时候也有一些话是近情近理，例如，"五谷为食，五果为助，五肉（畜）为益，五菜为充"，语出《素问·藏气法食论》，隐隐然也合于现代所谓的"平衡的膳食"之说。

读此书令人最惊异的是，我们现代的人在饮食方面有很大一部分尚流连在《饮膳正要》所代表的阶段。不见夫"秋风起矣，及时进补"的标语？三蛇羹、果子狸，以至于当归鸭、香肉，均无非是食疗食补的妙品。《饮膳正要》不是没有一点营养学的知识，只是尚在经验摸索的阶段，缺乏科学的分析与根据。

读《中国吃》
北平的吃食，怎么说也说不完

中国人馋，也许北平人比较起来最馋。馋，若是译成英文很难找到适当的字。译为piggish、gluttonous、greedy都不恰，因为这几个字令人联想起一副狼吞虎咽的饕餮相，而真正馋的人不是那个样子。中国宫廷摆出满汉全席，富足人家享用烤乳猪的时候，英国人还用手抓菜吃，后来知道用刀叉也常常是在宴会中身边自带刀叉备用，一般人怕还不知蔗糖胡椒为何物。文化发展到相当程度，人才知道馋。

读了唐鲁孙先生的《中国吃》，一似过屠门而大嚼，使得馋人垂涎欲滴。唐先生不但知道的东西多，而且用地道的北平话来写，使北平人觉得益发亲切有味，忍不住，我也来饶舌。

现在正是吃炰烤涮的时候，事实上一过中秋炰烤涮就上市了，不过要等到天真冷下来，吃炰烤涮才够味道。东安市场的东来顺生意鼎盛，比较平民化一些，更好的地方是前门肉市的正阳楼。那是一个弯弯曲曲的陋巷，地面上经常有好深的车辙，不知现在拓宽了没有。正阳楼的雅座在路东，有两个院子，大概有十来个座儿。前院放着四个烤肉炙子，围着几条板凳。吃烤肉讲究一条腿踩在凳子上，作金鸡独立状，然后探着腰自烤自吃自酌。正阳楼出名的是螃蟹，个儿特别大，别处吃不到，因为螃蟹从天津运来，正阳楼出大价钱优先选择，所以特大号的螃蟹全在正阳楼，落不到旁人手上。买进之后要在大缸里养好几天，每天浇以鸡蛋白，所以长得各个顶盖儿肥。客人进门在二道门口儿就可以看见一大缸一大缸的"无肠公子"。平常一个人吃一尖一团就足够了，佐以高粱最为合适。吃螃蟹的家伙也很独到，一个小圆木盘，一只小木槌子，每客一份。如果你觉得这套家伙好，而且你又是常客，临去带走几副也无所谓，小账当然要多给一点。螃蟹吃过之后，烤肉涮肉即可开始。肉是羊肉，不像烤肉纪、烤肉苑那样以牛肉为主。正阳楼的切羊肉的师傅是一把手，他用一块抹布包在一条羊肉上（不是冰箱冻肉），快刀慢切，切得飞薄。黄瓜条，三叉儿，大肥片儿，上脑儿，任听尊选。一盘没有几片，够两筷子。如果喜欢吃涮的，早点吩咐伙计升好锅子熬汤，熟客还可以要一个锅子底儿，那就是别人涮过的剩汤，格外浓。如果要吃烤的，自己到院子里去烤，再不然就教伙计代劳。正阳楼的烧饼也特别，薄薄的两层皮儿，没有瓤儿，烫手热。撕开四分之三，掰开了一股热气喷出，把肉往里一塞，又香又软又热又嫩。吃过螃蟹烤羊肉之后，要想喝点什么便感觉到很为难，因为在那鲜美的食物之后无以为继，喝什么汤也没有滋味了。有高人指点，螃蟹烤肉之后唯一压得住阵脚的是氽大甲，大甲就是螃蟹的螯，剥出来的大块螯肉在高汤里一氽，加芫荽末，加胡椒面儿，撒上回锅油炸麻花儿。只有这样的一碗汤，香而不腻。以蟹始，以蟹终，吃得服服帖帖。烤羊肉这种东西，很容易食过量，饭后备有普洱酽茶帮助消化，向堂倌索取即可，否则他是不送上的。如果有人贪食过量，当场动弹不得，撑得翻白眼儿，人家还备有特效解药，那便是烧焦了的栗子，磨成灰，用水服下，包管你肚子里咕噜咕噜响，躺一会儿就没事了。雅座都有木炕可供小卧。正阳楼也卖普通炒菜，不过吃主总是专吃他的螃蟹羊肉。台湾也有所谓"蒙古烤肉"，铁炙子倒是蛮大的，羊肉的质料不能和口外的绵羊比，而且烤的作料也不大对劲，什么红萝卜丝辣椒油全羼上去了。烧饼是小厚墩儿，好厚的心子，肉夹不进去。

上面说到炰烤涮，炰是什么？炰或写作爆。是用一面平底的铛（音撑）放在炉子上，微火将铛烧热，用焦煤、木炭、柴均可。肉蘸了酱油香油，拌了葱姜之后，在铛上滚来滚去就熟了，这叫作铛焦羊肉，味清淡，别有风味，中秋过后什刹海路边上就有专卖铛焦羊肉的摊子。在家里用烙饼的小铛也可以对付。至于普通馆子的焦羊肉，大火旺油加葱爆炒，那就是另外一码子事了。

东兴楼是数一数二的大馆子，做的是山东菜。山东菜大致分为两帮，一是烟台帮，一是济南帮，菜数作风不同。丰泽园、明湖春等比较后起，属于济南帮。东兴楼是属于烟台帮。初到东兴楼的人没有不诧异的，其房屋之高，高得不成比例，原来他们是预备建楼的，所以木料都有相当的长度，后来因为地址在东华门大街，有人挑剔说离皇城根太近，有借以窥探宫内之嫌，不许建楼，所以为了将就木材，房屋的间架特高。别看东兴楼是大馆子，他们保存旧式作风，厨房临街，以木栅做窗，为的是便利一般的"口儿厨子"站在外面学两手儿。有手艺的人不怕人学，因为很难学到家。客人一掀布帘进去，柜台前面一排人，大掌柜的，二掌柜的，执事先生，一齐点头哈腰"二爷您来啦""三爷您来啦"。山东人就是不喊人作大爷，大概是因为武大郎才是大爷之故。一声"看座"，里面的伙计立刻应声。二门有个影壁，前面大木槽养着十条八条的活鱼。北平不是吃海鲜的地方，大馆子总是经常备有活鱼。东兴楼的菜以精致著名，调货好，选材精，规规矩矩。炸胗一定去里儿，爆肚儿一定去草芽子。爆肚仁有三种做法，油爆，盐爆，汤爆，各有妙处，这道菜之最可人处是在触觉上，嚼上去不软不硬不韧而脆，雪白的肚仁衬上绿的香菜梗，于色香味之外还加上触，焉得不妙？我曾一口气点了油爆盐爆汤爆三件，真乃下酒的上品。芙蓉鸡片也是拿手，片薄而大，衬上三五根豌豆苗，盘子里不汪着油。烩乌鱼钱带割雏儿也是著名的。乌鱼钱又名乌鱼蛋，蛋字犯忌，故改为钱，实际是鱼的卵巢。割雏儿是山东话，鸡血的代名词，我问过许多山东朋友，都不知道这两个字如何写法，只是读如割雏儿。锅烧鸡也是一绝，油炸整只仔鸡，堂倌拿到门外廊下手撕之，然后浇以烩鸡杂一小碗。就是普通的肉末夹烧饼，东兴楼的也与众不同，肉末特别精特别细，肉末是切的，不是斩的，更不是机器轧的。拌鸭掌到处都有，东兴楼的不夹带半根骨头，垫底的黑木耳适可而止。糟鸭片没有第二家能比，上好的糟，糟得彻底。民国十五年（编者注：1926年）夏，一批朋友从外国游学归来，时昭瀛意气风发要大请客，指定东兴楼，要我做提调，那时候十二元一席就可以了，我订的是三十元一桌，内容丰美自不消说，尤妙的是东兴楼自动把埋在地下十几年的陈酿花雕起了出来，羼上新酒，芬芳扑鼻，这一餐吃得杯盘狼藉，皆大欢喜。只是，风流云散，故人多已成鬼，盛宴难再了。东兴楼在抗战期间在日军高压之下停业，后来在帅府园易主重张，胜利后曾往尝试，则已面目全非，当年手艺不可再见。

致美楼，在煤市街，路西的是雅座，称致美斋，厨房在路东，斜对面。也是属于烟台一系，菜式比东兴楼稍粗一些，价亦稍廉，楼上堂倌有一位初仁义，满口烟台话，一团和气。咸白菜酱萝卜之类的小菜，向例是伙计们准备，与柜上无涉，其中有一色是酱豆腐汁拌嫩豆腐，洒上一勺麻油，特别好吃。我每次去初仁义先生总是给我一大碗拌豆腐，不是一小碟。后来初仁义升做掌柜的了。我最欢喜的吃法是要两个清油饼（即面条盘成饼状下锅油煎）再要一小碗烩两鸡丝或烩虾仁，往饼上一浇。我给起了个名字，叫过桥饼。致美斋的煎馄饨是别处没有的，馄饨油炸，然后上屉一蒸，非常别致。砂锅鱼翅炖得很烂，不大不小的一锅足够三五个人吃，虽然用的是翅根儿，不能和黄鱼尾比，可是几个人小聚，得此亦是最好不过的下饭的菜了。还有芝麻酱拌海参丝，加蒜泥，冰得凉凉的，在夏天比什么冷荤都强，至少比里脊丝拉皮儿要高明得多。到了快过年的时候，致美斋特制萝卜丝饼和火腿月饼，与众不同，主要的是用以馈赠长年主顾，人情味十足。初仁义每次回家，都带新鲜的烟台苹果送给我，有一回还带了几个莱阳梨。

厚德福饭庄原先是个烟馆，附带着卖一些馄饨点心之类供烟客消夜。后来到了袁氏当国，河南人大走红运，厚德福才改为饭馆。老掌柜的陈莲堂是河南人，高高大大的，留着山羊胡子，满口河南土音，在烹调上确有一手。当年河南开封是办理河工的主要据点，河工是肥缺，连带着地方也富庶起来，饭馆业跟着发达，这就和扬州为盐商汇集的地方所以饮宴一道也很发达完全一样。袁氏当国以后，河南菜才在北平插进一脚，以前全是山东人的天下。厚德福地方太小，在大栅栏一条陋巷的巷底，小小的招牌，看起来不起眼，有人连找都不易找到。楼上楼下只有四个小小的房间，外加几个散座。可是名气不小，吃客没有不知道厚德福的。最尴尬的是那楼梯，直上直下的，坡度极高，各层相隔甚巨。厚德福的拿手菜，大家都知道，包括瓦块鱼，其所以做得出色主要是因为鱼新鲜肥大，只取其中段，不惜工本，成绩怎能不好？勾汁儿也有研究，要浓稀甜咸合度。吃剩下的汁儿焙面，那是骗人的，根本不是面，是刨番薯丝，要不然炸出来怎能那么酥脆？另一道名菜是铁锅蛋，说穿了也就是南京人所谓涨蛋，不过厚德福的铁锅更能保温，端上桌还久久地滋滋响。我的朋友赵太侔曾建议在蛋里加上一些美国的Cheese

碎末，试验之后风味绝佳，不过不喜欢Cheese的人说不定会"气死"！炒鱿鱼卷也是他们的拿手，好在发得透，切得细，旺油爆炒。核桃腰也是异曲同工的菜，与一般炸腰花不同之处是他的刀法好，火候对，吃起来有咬核桃的风味。后有人仿效，真个地把核桃仁加进腰花一起炒，那真是不对意思了。最值一提的是生炒鳝鱼丝。鳝鱼味美，可是山东馆不卖这一道菜，谁要是到东兴楼致美斋去点鳝鱼，那简直是开玩笑。淮扬馆子做的软儿或是炝虎尾也很好吃，但风味不及生炒鳝鱼丝，因为生炒才显得脆嫩。在台湾吃不到这个菜。华西街有一家海鲜店写着生炒鳝鱼四个大字，尚未尝试过，不知究竟如何。厚德福还有一味风干鸡，到了冬天一进门就可以看见房檐下挂着一排鸡去了脏腑，留着羽毛，填进香料和盐，要挂很久，到了开春即可取食。风干鸡下酒最好，异于熏鸡卤鸡烧鸡白切油鸡。

厚德福之生意突然猛进是由于民初先农坛城南游艺园开放。陈掌柜托警察厅的朋友帮忙抢先弄到营业执照，匾额就是警察厅擅写魏碑的那一位刘勃安先生的手笔（北平大街小巷的路牌都是出自他手）。平素陈掌柜培养了一批徒弟，各有专长，例如梁西臣擅使旺油，最受他的器重。他的长子陈景裕一直跟着父亲做生意。营利所得，同伙各半，因此柜上、灶上、堂口上，融洽合作。城南游艺园风光了一阵子，因楼塌砸死了人而歇业，厚德福分号也只好跟着关门。其充足的人力、财力无处发泄，老店地势局促不能扩展，而且他们笃信风水，绝对不肯迁移。于是乎厚德福向国内各处展开，沈阳、长春、黑龙江、西安、青岛、上海、香港、昆明、重庆、北碚等处分号次等成立，现在情形如何就不知道了。厚德福分号既多，人手渐不敷用，同时菜式也变了质，不复能维持原有作风。例如，各地厚德福以北平烤鸭著名，那就是难以令人预料的事。

说起烤鸭，也有一段历史。

北平不叫烤鸭，叫烧鸭子。因为不是喂养长大的，是填肥的，所以有填鸭之称。填鸭的把式都是通州人，因为通州是运河北端起点，富有水利，宜于放鸭。这种鸭子羽毛洁白，非常可爱，与野鸭迥异。鸭子到了适龄的时候，便要开始填。把式坐在凳子上，把只鸭子放在大腿中间一夹，一只手掰开鸭子的嘴，一只手拿一根比香肠粗而长的预先搓好的饲料硬往嘴里塞，塞进嘴之后顺着鸭脖子往下捋，然后再一根下去，再一根下去……填得鸭子摇摇晃晃。这时候把鸭子往一间小屋里一丢，小屋里拥挤不堪，绝无周旋余地，想散步是万不可能。这样填个十天半个月，鸭子还不蹲膘？

吊炉烧鸭是由酱肘子铺发卖，以从前的老便宜坊为最出名，之后金鱼胡同西口的宝华春也还不错。饭馆子没有自己烤鸭子的，除了全聚德以专卖鸭全席之外。厚德福不卖烧鸭，只有分号才卖，起因是柜上有一位张诗舫先生，精明能干，好多处分号成立都是他去打头阵，他是通州人，填鸭是内行，所以就试行发卖北平烤鸭了。我在北碚的时候，他去筹设分号，最初试行填鸭，填死了三分之一，因为鸭种不对，禁不住填，后来减轻填量才获相当的成功。吊炉烧鸭不能比叉烧烤鸭，吊炉烧鸭因为是填鸭，油厚，片的时候是连皮带油带肉一起片。叉烧烤鸭一般不用填鸭，只拣稍微肥大一点的就行了，预先挂起晾干，烤起来皮和肉容易分离，中间根本没有黄油，有些饭馆干脆把皮揭下盛满一大盘子上桌，随后再上一盘子瘦肉。那焦脆的皮固然也很好吃，然而不是吊炉烧鸭的本来面目。现在台湾的烤鸭，都不是填鸭，有那份手艺的人不容易找。至于广式的烧鸭以及电烤鸭，那都是另一个路数了。

在福全馆吃烧鸭最方便，因为有个酱肘子铺就在右手不远，可以喊他送一只过来，鸭架装打卤，斜对面灶温叫几碗一窝丝，实在最为理想，宝华春楼上也可以吃烧鸭，现烧现片，烫手热，附带着供应薄饼葱酱盒子菜，丰富极了。

在《中国吃》这本书里，唐先生提起锡拉胡同玉华台的汤包，那的确是一绝。

玉华台是扬州馆，在北平算是后起的，好像是继春华楼而起的第一家扬州馆，此后如八面槽的淮扬春以及许多什么什么春的也都跟着出现了。玉华台的大师傅是从东堂子胡同杨家（杨世骧）出来的，手艺高超。我在北平的时候，北大外文系女生杨毓恂小姐毕业时请外文系教授们吃玉华台，胡适之先生也在座，若不是胡先生即席考证我还不知杨小姐就是东堂子胡同杨家的千金。老东家的小姐出面请客，一切伺候那还错得了？最拿手的汤包当然也格外加工加细。从笼里取出，需用手捏住包子的褶儿，猛然提取，若是一犹疑就怕要皮破汤流不堪设想。其实这玩意儿是吃个新鲜劲儿。谁吃包子尽吮汤呀？而且那汤原是大量肉皮冻为主，无论加什么材料进去，味道不会十分鲜美。包子皮是烫面做的，微有韧性，否则包不住汤。我平常在玉华台吃饭，最欣赏它的水晶虾饼，厚厚的扁圆形的摆满一大盘，洁白无瑕，几乎是透明的，入口软脆而松。做这道菜的诀窍是用上好白虾，羼进适量的切碎的肥肉，若完全是虾既不能脆更不能透明，入温油徐徐炸之，不要焦，焦了就不好看。不说穿了，谁也不知道里头有肥肉，怕吃肥肉的人最好少下箸为妙。一般馆子的炸虾球也差不多是一个做法，可能羼了少许芡粉，也可能不完全是白虾。玉华台还有一道核桃酪也做得好，当然根本不是酪，是磨米成末，拧汁过滤（这一道手续很重要，不过滤则渣粗），然后加入红枣泥（去皮）使微呈紫红色，再加入干核桃磨成的粉，取其香。这一道甜汤比什么白木耳莲子羹或罐头水果充数的汤要强得多。在家里也可以做，泡好白米捣碎取汁，和做杏仁茶的道理一样。自己做的核桃酪我发觉比馆子里大量出品的还要精细可口些。

  北平的吃食，怎么说也说不完。唐鲁孙先生见多广识，实在令人佩服。我虽然也是北平生长大的，接触到的生活面很窄。有一回齐如山老先生问我吃过哈达门外的豆腐脑没有，我说没有，他便约了几个人（好像陈纪滢先生在内）到哈达门外路西一个胡同里，那里有好几家专卖豆腐脑的店，碗大卤鲜豆腐嫩，比东安市场的高明得多。这虽然是小吃，没人指引也就不得其门而入。又例如灌肠是我最喜爱的食物，煎得焦焦的，那油不是普通的油，是卖"熏鱼儿的"作坊所撇出来的油，有说不出的味道。所谓卖"熏鱼儿"的，当初是有小条的熏鱼卖，后来熏鱼就不见了，只有猪头肉、肠子、肝脑、猪心等。小贩背着木箱串胡同，口里吆喝着"面筋哟！"其实卖的是猪头肉等，面筋早已不见了，而你趁他过来的时候却要喊："卖熏鱼儿的！"这真是一怪。有人告诉我要吃真正的灌肠需要到后门外桥头儿上那一家去，那才是真正的灌肠，又粗又壮的肠子就和别处不同，而且是用真正的猪肠。这一说明把我吓退，猪肠太肥，至今不曾去尝试过，可是有人说那味道确实不同。小吃还有这么多讲究，饭馆子饭庄子里面的学问当然更大了去了。我写此短文，不是为唐先生的大文做补充，要补充我也补充不了多少，我只是读了唐先生的书，心里一痛快，信口开河，凑个趣儿。

再谈《中国吃》
我们要虚心地多方研究

前些时候写了一篇《读〈中国吃〉》，乃是读了唐鲁孙先生大作，一时高兴，补充了一些材料，还有劳郑百因先生给我做了笺注。后来我又写了一篇《酪》，一篇《面条》，除了嘴馋之外也还带有几许乡愁。有些朋友鼓励我多写几篇这一类的文字，但是也有人在一旁"挑眼"。海外某处有刊物批评说，我在此时此地写这样的文字是为贵族阶级的奢侈生活张目，言外之意这个罪过不小。有人劝我，对于这种批评宜一笑置之。我觉得置之可也，一笑却不值得。

民以食为天，这句话见《史记·郦生陆贾列传》，"王者以民人为天，而民人以食为天"。所谓天，乃表示其崇高重要之意。洪范八政，一曰食。文子所说"老子曰，食者民之本也，民者国之基也"，也是这个意思。对于这个自古以来即公认为人生首要之事，谈谈何妨？人有富贵贫贱之别，食当然有精粗之分。大抵古时贫富的差距不若后世之甚。所谓鼎食之家，大概也不过是五鼎食。食日万钱，犹云无下箸处，是后来的事。我看元朝忽思慧撰《饮膳正要》，可以说是帝王之家的食谱，其中所列水陆珍馐种类不少，以云烹调仍甚简陋。晚近之世，奢靡成风，饮食一道乃得精进。扬州素称胜地，富商云集，放烹调之术独步一时，苏、杭、川，实皆不出其范畴。黄河河工乃著名之肥缺，饮宴之精自其余事，故汴、洛、鲁，成一体系。闽粤通商口岸，市面繁华，所制馔食又是一番景象。至于近日报纸喧腾的"满汉全席"，那是低级趣味荒唐的噱头。以我所认识的人而论，我不知道当年有谁见过这样的世面。北平北海的仿膳，据说掌灶的是御膳房出身，能做一百道菜的全席，我很惭愧不曾躬逢其盛，只吃过称羼有栗子面的小窝头，看他所做普通菜肴的手艺，那满汉全席不吃也罢。

一般吃菜均以馆子为主。其实饭馆应以灶上的厨师为主，犹如戏剧之以演员为主。一般的情形，厨师一换，菜可能即走样。师傅的绝技，其中也有一点天分，不全是技艺。我举一个例，"瓦块鱼"是河南菜，最拿手的是厚德福，在北平没有第二家能做。我曾问过厚德福的老掌柜陈莲堂先生，做这一道菜有什么诀窍。我那时候方在中年，他已经是六十左右的老者。他对我说："你想吃就来吃，不必问。"事实上我每次去，他都亲自下厨，从不假手徒弟。我坚持要问，他才不惮烦地从选调货起（调货即材料），一步一步讲到最后用剩余的甜汁焙面止。可是真要做到色香味俱全，那全在掌勺的存乎一心，有如庖丁解牛，不仅是艺，而是近于道了，他手下的徒弟前后二十多位，真正眼明手快懂得如何使油的只有梁西臣一人。瓦块鱼，要每一块都像瓦块，不薄不厚微微翘卷，不能带刺，至少不能带小刺，颜色淡淡的微黄，黄得要匀，勾汁要稠稀合度不多不少而且要透明——这才合乎标准，颇不简单，陈老掌柜和他的高徒均早已先后作古，我不知道谁能继此绝响！如果烹调是艺术，这种艺术品不能长久存留，只能留在人的齿颊间，只能留在人的回忆里，这真是无可奈何的事。

一个饭馆的菜只能有三两样算是拿手，会吃的人到什么馆子点什么菜，堂倌知道你是内行，另眼看待，例如，鳝鱼一味，不问是清炒、黄焖、软兜、烩拌，只是淮扬或河南馆子最为擅长。要吃爆肚仁，不问是汤爆、油爆、盐爆，非济南或烟台帮的厨师不办。其他如川湘馆子、广东馆子、宁波馆子莫不各有其招牌菜。不过近年来，人口流动得太厉害，内行的吃客已不可多得，暴发的人多，知味者少，因此饭馆的菜有趋于混合的态势，同时师傅徒弟的关系越来越淡，稍窥门径的二把刀也敢出来做主厨，馆子的业务尽管发达，吃的艺术在走下坡。

酒楼饭馆是饮宴应酬的场所，是有些闲人雅士在那里修食谱，但是时势所趋，也有不少人在那里只图一个醉饱。现在我们的国民所得急剧上升，光脚的人也有上酒楼饮茶的，手工艺人也照样地到华西街吃海鲜。还有人宣传我们这里的人民在吃香蕉皮，实在是最愚蠢的造谣。我们谈中国吃，本不该以谈饭馆为限，正不妨谈我们的平民的吃。我小时候，一位同学自甘肃来到北平，看见我们吃白米白面，惊异得不得了，因为他的家乡日常吃的是"糊"——杂粮熬成的粥。

我告诉他我们河北乡下人吃的是小米面贴饼子，城里的贫民吃的是杂和面窝头。山东人吃的锅盔，那份硬，真得牙口好才行，这是主食，副食呢，谈不到，有棵葱或是大腌萝卜"棺材板"就算不错。在山东，吃红薯的人很多。全是碳水化合物，热量足够，有得多，蛋白质则只好取给于豆类。这样的吃食维持了一般北方人的生存。"好吃不过饺子"是华北乡下的话，姑奶奶回娘家或过年才包饺子。乡下孩子们都知道，鸡蛋不是为吃的，是为卖的。摊鸡蛋卷饼只有在款待贵宾时才得一见。乡下也有油吃，菜油、花生油、豆油之类，但是吃法奇绝，不用匙舀，用一根细木棒套上一枚有孔的铜钱，伸到油瓶里，凭这铜钱一滴一滴把油带出来，这名叫"钱油"。这话一晃儿好几十年了，现在情形如何我不知道，应该比以前好一些才对。华北情形较穷苦，江南要好得多。

平民吃苦，但是在比较手头宽裕的时候，也知道怎样去打牙祭。例如在北平从前有所谓"二荤铺"，茶馆兼营饭馆，戴毡帽系褡包的朋友们可以手托着几两猪肉，提着一把韭黄蒜苗之类，进门往柜台上一撂，喊一声："掌柜的！"立刻就有人过来把东西接过去，不大工夫一盘热腾腾的肉丝炒韭黄或肉片焖蒜苗给你端到桌上来。我有一次看见一位彪形大汉，穿灰布棉袍——底襟一角塞在褡包上，一望即知是一个赶车的，他走进"灶温"独据一桌，要了一斤家常饼分为两大张，另外一大碗炖羊肉，大葱一大盘，把半碗肉倒在一张饼上，卷起来像一根柱子，两手捧扶，左边一口，右边一口，然后中间一口，这个动作连做几次一张饼不见了，然后进行第二张，直到最后他吃得满头大汗青筋暴露。我生平看人吃东西痛快淋漓以此为最。现在台湾，劳动的人在吃食方面普遍地提高，工农界的穷苦人坐在路摊上大啃鸡腿牛排是很寻常的现象了。

平民食物常以各种摊贩的零食来做补充。我写过一篇《北平的零食小贩》记载那个地方的特别食物。各地零食都有一个特点不知大家注意到没有，那就是不分阶级雅俗共赏。成都附近的牌坊面，往来仕商以至贩夫走卒谁不停下来吃几碗？德州烧鸡，火车上的乘客不分等级都伸手窗外抢购。杭州西湖满家陇的桂花栗子，平湖秋月的藕粉，我相信人人都有兴趣。北平的豆汁、灌肠、熏鱼儿、羊头肉，是很低级的食物，但是大宅门儿同样地欢迎照顾。大概天下之口有同嗜，阶级论者到此不知做何解释。

我常觉得我们中国人的吃，不可忽略的是我们的家常便饭。每个家庭主妇大概都有几样烹饪上的独得之秘。有人告诉我，广东的某些富贵人家每一位姨太太有一样拿手菜，老爷请客时便由几位姨太太各显其能加起来成为一桌盛宴。这当然不能算是我所说的家常便饭。有一位朋友告诉我，从前南京的谭院长每次吃烤乳猪是派人到湖南桂东县专程采办肥小猪乘飞机运来的，这当然也不在家常便饭范围之内。记得胡适之先生来台湾，有人在家里请他吃饭，彭厨亲来外会，使出浑身解数做了十道菜，主人谦逊地说："今天没预备什么，只是家常便饭。"胡先生没说什么，在座的齐如山先生说话了："这样的家常便饭，怕不要吃穷了？"我所说的家常便饭是真正的家常便饭，如焖扁豆茄子之类，别看不起这种菜，做起来各有千秋。我从前在北平认识一些旗人朋友，他们真是会吃。我举两个例：炸酱面谁都吃过，但是那碗酱如何炸法大有讲究。肉丁也好，肉末也好，酱少了不好吃，酱多了太咸，我在某一家里学得了一个妙法。酱里加炸茄子丁，一碗酱变成了两碗，而且味道特佳。酱要干炸，稀糊糊的就不对劲。又有一次在朋友家里吃薄饼，在宝华春叫了一个盒子，家里配上几个炒菜，那一盘摊鸡蛋有考究，摊好了之后切成五六公分宽的长条，这样夹在饼里才顺理成章，虽是小节，具见用心。以后我看见"和菜戴帽"就觉得太简陋，那薄薄的一顶帽子如何撕破分配均匀？馆子里的菜数虽然较精，一般却嫌油大，味精太多，不如家里的青菜豆腐。可是也有些家庭主妇招待客人，偏偏要模仿饭馆宴席的规模，结果是弄巧反拙四不像了。

常听人说，中国菜天下第一，说这话的人应该是品尝过天下的菜。我年幼无知的时候也说过这样的话，如今不敢这样放肆，因为关于中国吃所知已经不多，外国的吃我所知更少。一般人都说只有法国菜可以和中国比，法国我就没有去过。美国的吃略知一二，但可怜得很，在学生时代只能作起码的糊口之计，时常是两个三明治算是一顿饭，中上层阶级的饮膳情形根本一窍不通。以后在美国旅游也是为了撙节，从来不曾为了口腹而稍有放肆。

所以对于中西之吃，我不愿做比较的判断。我只能说，鱼翅、燕窝、鲍鱼、溜鱼片、炒虾仁，以至于炸春卷、古老肉……美国人不行，可是讲到汉堡三明治、各色冰激凌以至于烤牛排……我们中国还不能望其项背。我并不"崇洋"，我在外国住，我还吃中国菜，周末出去吃馆子，还是吃中国馆子，不是一定中国菜好，是习惯。我常考虑，我们中国的吃，上层社会偏重色香味，蛋白质太多，下层社会蛋白质不足，碳水化合物太多，都是不平衡，问题是很严重的。我们要虚心地多方研究。

读《烹调原理》

看张先生的书，令人生出联想太多了

从前文人雅士喜作食谱，述说其饮食方面的心得，例如袁子才的《随园食单》，李渔的《笠翁偶集》饮馔部便是。其文字雅洁生动，令人读之不仅馋涎欲滴，而且逸兴遄飞。饮食一端，是生活艺术中重要的项目，未可以小道视之。唯食谱之作，每着重于情趣，随缘触机，点到为止。近张起钧先生著《烹调原理》（新天地书局印行），则已突破传统食谱的作风，对烹饪一道做全盘的了解，条分缕析地作理论的说明，真所谓庖丁解牛，近于道矣！掩卷之后，联想泉涌，兹略述一二就教方家。

着手烹饪，第一件事是"调货"，即张先生所谓"选材"。北方馆子购买材料，谓之"上调货"，调货即是材料。上调货的责任在柜上，不在灶上。灶上可以提供意见，但是主事则在柜上。如何选购，如何储存，其间很有斟酌。试举一例：螃蟹。在北平，秋高气爽，七尖八团，满街上都有吆喝卖螃蟹的声音。真正讲究吃的就要到前门外肉市正阳楼去，别看那又窄又脏的街道，这正阳楼有其独到之处。路东是雅座，账房门口有两只大缸，打开盖一看，哇，满缸的螃蟹在吐沫冒泡，只只都称得上广东话所谓"生猛"。北平不产螃蟹，这螃蟹是柜上一清早派人到东火车站，等大篓螃蟹从货车上运下来，一开篓就优先选取其中之硕大健壮的货色。螃蟹是从天津方面运

171

来，所谓胜芳螃蟹。正阳楼何以能拔头筹，其间当然要打通关节。正阳楼不惜工本，所以有最好的调货。一九一二年的时候要卖两角以至四角一只。货运到柜上还不能立即发售，要放在缸里养上几天，不时地泼浇蛋白上去，然后才能长得肥胖结实。一个人到正阳楼，要一尖一团，持螯把酒，烤一碟羊肉，配以特制的两层薄皮的烧饼，然后叫一碗余大甲，简直是一篇起承转合首尾照应的好文章！

第二件是刀口，一点也不错，一般家庭讲究刀法的不多，尤其是一些女佣来自乡间，经常喂猪，青菜要切得碎碎细细，要煮得稀巴烂，如今给人做饭也依样葫芦。很少人家能拿出一盘炒青菜而刀法适当的。炒芥蓝菜加蚝油，是广东馆子的拿手，但是那四五英寸长的芥蓝，无论多么嫩多么脆，一端下了咽，一端还在嘴里嚼，那滋味真不好受。切肉，更不必说，需要更大的技巧。以狮子头为例，谁没吃过狮子头？真正做好却不容易。我的同学驻葡萄牙公使王化成先生是扬州人，从他姑妈学得了狮子头做法，我曾叨扰过他的杰作。其秘诀是：七分瘦三分肥，多切少斩，芡粉抹在手掌上，搓肉成团，过油以皮硬为度，碗底垫菜，上笼猛蒸。上桌时要撇去浮油。然后以匙取食，鲜美无比。再如烤涮羊肉切片，那是真功夫。大块的精肉，蒙上一块布，左手按着，右手操刀。要看看肉的纹路，不能顺丝切，然后一刀挨着一刀地往下切，缓急强弱之间随时有个分寸。现下所谓"蒙古烤肉"，肉是碎肉，在冰柜里结成一团，切起来不费事，摆在盘里很像个样子，可是一见热就纷纷解体成为一缕缕的肉条子，谈什么刀法？我们普通吃饺子之类，那肉馅也不简单。要剁碎，可是不能剁成泥。我看见有些厨师，挥起两把菜刀猛剁，把肥肉瘦肉以及肉皮剁成了稠稠的糨糊似的。这种馅子弄熟了之后可以有汁水，但是没有味道。讲究吃馅子的人，也是赞成多切少斩，很少人肯使用碾肉机。肉里面若是有筋头巴脑，最煞风景，吃起来要吐核儿。

讲到煎炒烹炸，那就是烹饪的主体了。张先生则细分为二十五项，洋洋大观。记得齐如山先生说过我们中国最特出的烹饪法是"炒"，西方最妙的是"烤"，确乎如此。炒字没有适当的英译，有人译为scramble-fry，那意思是连搅带炸，总算是很费一番苦心了。其实我们所谓炒，必须使用尖底锅，英译为wok，大概是广东音译，没有尖底锅便无法炒，因为少许的油无法聚在一起，而且一翻搅则菜就落在外面去了。烤则有赖于烤箱，可以烤出很多东西，如烤鸭、烤鱼、烤通心粉、烤各种点心，以至于烤马铃薯烤菜花。炒菜，要注意火候，在菜未下锅之前也要注意到油的温度。许多菜需要旺火旺油，北平有句俗话"毛厨子怕旺火"，能使旺油才算手艺。我在此顺便提一提所谓"爆肚"。北平摊子上的爆肚，实际上是氽。馆子里的爆肚则有三种做法：油爆、盐爆、汤爆。油爆是加芡粉葱蒜香菜梗。盐爆是不加芡粉。汤爆是水氽，外带一小碗卤虾油。所谓肚，是羊肚，不是猪肚，而且要剥掉草芽子只用那最肥最厚的白肉，名之为肚仁。北平凡是山东馆子都会做，以东兴楼致美斋等为最擅长，有一回我离开北平好几年，真想吃爆肚，后来回去一下火车便直奔煤市街，在致美斋一口气点了油爆肚盐爆肚汤爆肚各一，嚼得我牙都酸了。此地所谓爆双脆，很少馆子敢做，而且用猪肚也不对劲，根本不脆。再提另一味菜，炒辣子鸡。是最普通的一道菜，但也是最考验手艺的一道菜，所谓内行菜。仔鸡是小嫩鸡，最大像鸽子那样大，先要把骨头剔得干干净净，所谓"去骨"，然后油锅里爆炒，这时候要眼明手快，有时候用手翻搅都来不及，只能掂起"把儿勺"，把锅里的东西连鸡汁飞抛起来，这样才能得到最佳效果，真是神乎其技。这就叫作掌勺。在饭馆里学徒，从剥葱剥蒜起，在厨房打下手，耳濡目染，要熬个好多年才能掌勺爆仁炒辣子鸡。

张先生论素菜，甚获我心。既云素菜，就不该模拟荤菜取荤菜名。有些素菜馆，门口立着观音像，香烟缭绕，还真有食客在那里膜拜，而端上菜来居然是几可乱真的炒鳝糊、松鼠鱼、红烧鱼翅。座上客包括高僧大德在内。这是何等地讽刺？我永不能忘的是大陆和台湾的几个禅寺所开出的清斋，真是果蓏素食，本味本色。烧冬菇就是烧冬菇，焖笋就是焖笋。在这里附带提出一个问题：味精。这东西是谁发明的我不知道，最初是由日本输入，名味之素，现在大规模自制，能"清水变鸡汤"，风行全国。台湾大小餐馆几无不大量使用。做汤做菜使用它，烙饼也加味精，实在骇人听闻。美国闹过一阵子"中国餐馆并发症状"，以为这种sodium salt足以令人头昏肚胀，几乎要抵制中国菜。平心而论，为求方便，汤里素菜里加一点味精是可以的，唯不可滥用不可多用。我们中国馆子灶上经常备有"高汤"，就是为提味用的。高汤的制作法是用鸡肉之类切碎微火慢煮而成，不可沸滚，沸滚则汤浑浊。馆子里外敬一碗高汤，应该不是味精冲的，应该是舀一勺高汤稍加稀释而成。我到熟识的馆子里去，他们时常给我一小饭碗高汤，醇厚之至，绝非味精汤所能比拟。说起汤，想起从前开封、洛阳的馆子，未上菜先外敬一大碗"开口汤"，确是高汤。谁说只有西餐才是先喝汤后吃菜？我们也有开口汤之说，也是先喝汤。

我又联想到西餐里的生菜，张先生书里也提到它。他说他"第一次在一位英国人家吃地道的西餐，看见端上一碗生菜，竟是一片片不折不扣洗干净了的生的菜叶子"，我心里顿然一凉，暗道："这不是喂兔子的吗？"在国内也有不少人忌生冷，吃西餐看见一小盆拌生菜（tossed salad），莴苣菜拌番茄、洋葱、胡萝卜、小红萝卜，浇上一勺调味汁，从冰箱里拿出来冰冷冰冷的，便不由得不倒抽一口凉气，把它推在一旁。其实这是习惯问题，生菜生吃也不错。吃炸酱面时，面码儿不也是生拌进去一些黄瓜丝、萝卜缨么？我又想起"菜包"，张先生书里也提到，他说："菜包乃清朝王室每年初冬纪念他们祖先作战绝粮吃树叶的一种吃法。其法是用嫩的生白菜叶，用手托着包拢各种菜成一球状咬着吃，所以叫菜包。"我要稍做补充。白菜叶子要不大不小。取多半碗热饭拌以刚炒好的麻豆腐，麻豆腐是发酵过的绿豆渣，有点酸。然后再和以小肚丁，小肚是膀胱灌粉及肉末所制成，其中加松子，味很特别，酱肘子铺有得卖。再加摊鸡蛋也切成丁。这是标准的材料，不能改变。菜叶子上面还别忘了抹上蒜泥酱。把饭菜酌量倒在菜叶子上，双手捧起，缩颈而食之，吃得一嘴一脸两手都是饭粒菜屑。在台湾哪里找麻豆腐？炒豆腐松或是鸡刨豆腐也将就了。小肚不是容易买到的，用炒肉末算了。我曾以此飨客，几乎没有人不欣赏。这不是大吃生菜么？广东馆子的炒鸽松用莴苣叶包着吃，也是具体而微地吃生菜了。

看张先生的书，令人生出联想太多了，一时也说不完。对于吃东西不感兴趣的人，趁早儿别看这本书！

常听人说，中国菜天下第一，说这话的人应该品尝过天下的菜。

PART
04

其实
这也是
生活

养成好习惯

充满良好习惯的生活，才是合于自然的生活

人的天性大致是差不多的，但是在习惯方面却各有不同。习惯是慢慢养成的，在幼小的时候最容易养成，一旦养成之后，要想改变过来却还不很容易。

例如说：清晨早起是一个好习惯，这也要从小时候养成，很多人从小就贪睡懒觉，一遇假日便要睡到日上三竿还高卧不起，平时也是不肯早起，往往蓬头垢面地就往学校跑，结果还是迟到，这样的人长大了之后也常是不知振作，多半不能有什么成就。祖逖闻鸡起舞，那才是志士奋励的榜样。

我们中国人最重礼，因为礼是行为的规范。礼要从家庭里做起。姑举一例：为子弟者"出必告，返必面"，这一点点对长辈的起码的礼，我们是否已经每日做到了呢？我看见有些个孩子早晨起来对父母视若无睹，晚上回到家来如入无人之境，遇到长辈常常横眉冷目，不屑搭讪。这样的跋扈乖戾之气如果不早早地纠正过来，将来长大到社会服务，必将处处引起摩擦不受欢迎。我们不仅对长辈要恭敬有礼，对任何人都应该维持相当的礼貌。

大声讲话，扰及他人的宁静，是一种不好的习惯。我们试自检讨一番，在别人读书工作的时候是否有过喧哗的行为？我们要随时随地为别人着想，维持公共的秩序，顾虑他人的利益，不可放纵自己，在公共场所人多的地

方，要知道依次排队，不可争先恐后地去乱挤。

时间即是生命。我们的生命是一分一秒地在消耗着，我们平常不大觉得，细想起来实在值得警惕。我们每天有许多的零碎时间于不知不觉中浪费掉了。我们若能养成一种利用闲暇的习惯，一遇空闲，无论其为多么短暂，都利用之做一点有益身心之事，则积少成多终必有成。常听人讲起"消遣"二字，最是要不得，好像是时间太多无法打发的样子，其实人生短促极了，哪里会有多余的时间待人"消遣"？陆放翁有句云："待饭未来还读书。"我知道有人就经常利用这"待饭未来"的时间读了不少的大书。古人所谓"三上之功"，枕上、马上、厕上，虽不足为训，其用意是在劝人不要浪费光阴。

吃苦耐劳是我们这个民族的标志。古圣先贤总是教训我们要能过得俭朴的生活，所谓"一箪食，一瓢饮"，就是形容生活状态之极端地刻苦，所谓"嚼得菜根"，就是表示一个有志的人之能耐得清寒。恶衣恶食，不足为耻，丰衣足食，不足为荣，这在个人之修养上是应有的认识。罗马帝国盛时的一位皇帝，马克·奥勒留（Marcus Aurelius），他从小就摒绝一切享受，从来不参观那当时风靡全国的赛车、比武之类的娱乐，终其身成为一位严肃的苦修派的哲学家，而且也建立了不朽的事功。这是很值得令人钦佩的。我们中国是一个穷的国家，所以我们更应该体念艰难，弃绝一切奢侈，尤其是从外国来的奢侈。宜从小就养成俭朴的习惯，更要知道物力维艰，竹头木屑，皆宜爱惜。

以上数端不过是偶然拈来，好的习惯千头万绪，"勿以善小而不为"。习惯养成之后，便毫无勉强，临事心平气和，顺理成章。充满良好习惯的生活，才是合于"自然"的生活。

饭前祈祷

我要为那些为大家供应食物的人祈福

读过查尔斯·兰姆那篇《饭前祈祷》小品文的人，一定会有许多感触。六十年前我在美国科罗拉多泉念书的时候，和闻一多在瓦萨赤街一个美国人家各赁一间房屋。房东太太密契尔夫人是典型的美国主妇，肥胖、笑容满面、一团和气，大约有六十岁，但是很硬朗，整天操作家务，主要的是主中馈，好像身上永远系着一条围裙，头戴一顶荷叶边的纱帽。房东先生是报馆排字工人，昼伏夜出，我在圣诞节才得和他首次晤面。他们有三个女儿，大女儿陶乐赛已进大学，二女儿葛楚德念高中，小女儿卡赛尚在小学，他们一家五口加上我们两个房客，七个嘴巴都要由密契尔夫人负责喂饱，而且一日三餐，一顿也少不得。房东先生因为作息时间和我们不同，永不在饭桌上和我们同时出现。每顿饭由三个女孩摆桌上菜，房东太太在厨房掌勺，看看大家都已就位，她就急忙由厨房溜出来，抓下那顶纱帽，坐在主妇位上，低下头做饭前祈祷。

我起初对这种祈祷不大习惯。心想我每月付你四五十元房租，包括膳食在内，我每月公费八十元，多半付给你了，吃饭的时候还要做什么祈祷？感恩么？感谁的恩？感上帝赐面包的恩么？谁说面包是他所赐？……后来我想想，入乡随俗，好在那祈祷很短，嘟嘟囔囔地说几句话，也听不清楚说什么。有时候好像是背诵那滚瓜烂熟的"主祷文",但是其中只有一句与吃有关:"赐给我们每天所需的面包。"如果这"每天"是指今天,则今天的吃食已经摆在桌上了,还祈祷什么?如果"每天"是指明天,则吃了这顿想那顿,未免想得远了些。若是表示感恩,则其中又没有感激的话语。尤其是,这饭前祈祷没有多少宗教气息,好像具文。我偷眼看去,房东太太闭着眼低着头,口中念念有词,大女儿陶乐赛也还能聚精会神,卡赛则常扮鬼脸逗葛楚德,葛楚德用肘撞卡赛。我和一多面面相觑,不知所措。

兰姆说得不错。珍馐罗列案上,令人流涎三尺,食欲大振,只想一番饕餮,全无宗教情绪,此时最不宜祈祷。倒是维持生存的简单食物,得来不易,于庆幸之余不由得要感谢上苍。我另有一种想法,尤其是在密契尔夫人家吃饭的那一阵子,我们的胃习惯于大碗饭、大碗面,对于那轻描淡写的西餐只能感到六七分饱。家常便饭没有又厚又大的煎牛排。早餐是以半个横剖的橘柑或葡萄柚开始,用茶匙挖食其果肉,再不就是薄薄一片西瓜,然后是一面焦的煎蛋一枚。外国人吃煎蛋不像我们吸溜一声一口吞下那个嫩蛋黄,而是用刀叉在盘里切,切得蛋黄乱流,又不好用舌去舔。两片烤面包,抹一点牛油。一杯咖啡灌下去,完了。午饭是简易便餐,两片冷面包,一点点肉菜之类。晚饭比较丰盛,可能有一盂热汤,然后不是爱尔兰炖肉,就是肉末炒番薯泥,再加上一道点心如西米布丁之类,咖啡管够。倒不是菜色不好,密契尔夫人的手艺不弱,只是数量不多,不够果腹。星期日午饭有烤鸡一只,当场切割,每人分得一两片,大匙大匙的番薯泥浇上鸡油酱汁。晚饭就只有鸡骨架剥下来的碎肉烩成稠糊糊的酱,放在一片烤面包上,名曰鸡派。其他一概全免。若是到了感恩节或是圣诞节,则卡赛出出进进地报喜:"今天有火鸡大餐!"所谓火鸡,肉粗味淡,火鸡肚子里面塞的一坨一坨黏糊糊的也不知是什么东西。一多和我时常踱到街上补充一个汉堡肉饼或热狗之类。在这种情形下，饭前祈祷对于我没有什么太大的意义，就是饭后祈祷恐也不免带有怨声，而不可能完全是谢主的恩典。

我小时候，母亲告诉我，碗里不可留剩饭粒，饭粒也不可落在桌上地上，否则将来会娶麻脸媳妇。这个威吓很能生效，真怕将来床头人是麻子。稍长，父亲教我们读李绅《悯农》诗："锄禾日当午，汗滴禾下土，谁知盘中餐，粒粒皆辛苦。"因此更不敢糟蹋粮食。对于农民老早地就起了感激之意。养猪养鸡的、捕鱼捕虾的，也同样地为我服务，我凭什么白白地受人供养？吃得越好，越惶恐，如果我在举箸之前要做祈祷，我要为那些胼手胝足为大家生产食粮、供应食物的人祈福。

如今我每逢有美味的饮食可以享受的时候，首先令我怀想的是我的双亲。我父亲对于饮膳非常注意，尤嗜冷饮，酸梅汤要冰镇得透心凉，山里红汤微带冰碴儿，酸枣汤、樱桃水等都要冰得入口打哆嗦。可惜我没来得及置备电冰箱，先君就弃养了。我母亲爱吃火腿、香蕈、蚶子、蛏干、笋尖、山核桃之类的所谓南货，我好后悔没有尽力供养。美食当前，辄兴风木之思，也许这些感受可以代替所谓饭前祈祷了吧？

房东与房客

房东与房客，关系永远是紧张的

狗见了猫，猫见了耗子，全没有好气，总不免怒目相视，龇牙咧嘴，一场格斗了事。上天生物就是这样，生生相克，总得斗。房东与房客，或房客与房东，其间的关系也是同样地不祥。在房东眼里，房客很少有好东西；在房客眼里，房东根本就没有一个好东西。利害冲突，彼此很难维持人与人之间应有的常态。

房东的哲学往往是这样的："来看房的那个人，看样子就面生可疑。我的房子能随便租给人？租给他开白面房子怎么办？将来非找个妥保不可。你看他那个神儿！房子的间架矮哩，院子窄哩，地点偏哩，房租贵哩，贬得一文不值，好像是谁请他来住似的！你不合适不会不住？我说得清清楚楚，你没有家眷我可不租，他说他有。我问他是干什么的，他死不张嘴，再不就是吞吞吐吐，八成不是好人。可是后来我还是租给他了。他往里一搬，哎呀，怎那么多人口，也不知究竟是几家子。瘪嘴的老太太有好几位，孩子一大串，兔儿爷似的，一个比一个高。住了没有几个月，房子糟蹋得不成样子，雪白的墙角上他堆煤，披麻绿油的影壁上画了粉笔的飞机与乌龟，砖缝里的草长了一人多高，沟眼也堵死了，水龙头也歪了，地板上的油漆也磨光了，天花板也熏黑了，玻璃窗也用高丽纸给补了，门环子也掉了……唉，简直是遭劫！房租到期还要拖欠，早一天取固然不成，过几天取也常要碰钉子，'过两天再来吧''下月一起付罢''太太不在家''先付半个月的罢''我们还没有发薪哪，发了薪给你送去'……好，房租取不到，还得白跑道，腿杆儿都跑细了。他不给租钱，还挺横，你去取租的时候，他就叫你蹲在门口儿，'砰'的一声把大门关上了，好像是你欠他的钱！也有到时候把房租送上门来的，这主儿更难缠，说不定他早做了二房东，他怕我去调查。租人家的房子住人的，有几个是有良心的？……"

房客的哲学又是一套："这房东的房子多得很，'吃瓦片儿的'，任事不做，靠房钱吃饭。这房子一点儿也不合局，我要是有钱绝不租这样的房子。我是凑合着住。一进门就是三份儿，一房一茶一打扫。比阎王还凶。没法子，给你。还要打铺保？我人地生疏，哪里找保去？难道我还能把你的房子吃掉不成？你问我家里人口多不多，你管得着么？难道房东还带查户口？'不准转租'，我自己还不够住的呢！可是我要把南房腾空转租，你也管不了，反正我不欠你的房租。'不准拖欠'，噫，我要是有钱我绝不拖欠。这个月我迟领了几天薪，房东就三天两头地找上门来，好像是有几年没付房钱似的，搅得我一家不安。谁没有个手头儿发窘？何苦！房钱错了一天也不行，急如星火，可是那天下雨房漏了，打了八次电话，他也不派人来修，把我的被褥都湿脏了，阴沟堵住了，院里积了一汪子水，也不来修。门环掉了，都是我自己找人修的。他还觍着脸催房钱！无耻！我住了这样久，没糟蹋你一间房子，墙、柱子都好好的，没摘过你一扇门一扇窗子，还要怎样？这样的房客你哪里找去？……"

房东房客如此之不相容，租赁的关系不是很容易决裂的吗？啊不。比离婚还难。房东虽然不好，房子还是要住的；房客虽然不好，房子不能不由他住。主客之间永远是紧张的，谁也不把谁当作君子看。

这还是承平时代的情形。在通货膨胀的时代，双方的无名火都提高了好几十丈，提起了对方的时候恐怕牙都要发痒。

房东的哲学要追加这样一部分："你这几个房钱够干什么的？你以后不必给房钱了，每个月给我几个烧饼好了。一开口就是'老房客'，老房客就该白住房？你也打听打听现在的市价，顶费要几条几条的，房租要一袋一袋的，我的房租不到市价的十分之一，人不可没有良心。你嫌贵，你别处租租试看。你说年头不好，你没有钱，你可以住小房呀！谁叫你住这么大的一所？没有钱，就该找三间房忍着去，你还要场面？你要是一个钱都没有，就该白住房么？我一家子指着房钱吃饭哪！您也不是我的儿子，我为什么让你白住？……"

房客方面也追加理由如下："我这么多年没欠过租，我们的友谊要紧。房钱不是没有涨过，我自动地还给你涨过一次呢，要说是市价一间一袋的话，那不合法，那是高抬物价，市侩作风，说到哪里也是你没理。人不可不知足。你要涨到多少才叫够？我的薪水也并没有跟着物价涨。才几个月的工夫，又啰唆着要涨房租，亏你说得出口！你是房东，资产阶级，你不知没房住的苦，何必在穷人身上打算盘？不用废话了，等我的薪水下次调整，也给你加一点儿，多少总得加你一点儿，这个月还是这么多，你爱拿不拿！你不拿，我放在提存处去，不是我欠租……"

闹到这个地步，关系该断绝了罢？啊不。房客赌气搬家？不，这个气赌不得，赌财不赌气。房东撵房客搬家？更不行，撵人搬家是最伤天害理的事，谁也不同情，而且事实上也撵不动，房客像是生了根一般。打官司么？

房东心里明白：请律师递状，开庭，试行和解，开庭辩论，宣判，二审，三审，执行，这一套程序不要两年也得一年半，不合算。没法子，怄吧。房东和房客就这样地在怄着。

搬家

每次搬家必定割舍许多平素不肯抛弃的东西

人讥笑我，说我大概是吃了耗子药，否则怎么会五年之内搬了三次家。搬家是辛苦事。除非是真的家徒四壁，任谁都会蓄积一些弃之可惜留之无用的东西，到了搬家的时候才最感觉到累赘。小时候师长就谆谆告诫不可暴殄天物，常引陶侃竹头木屑的故事为例，所以长大了之后很难改除收藏废物的习惯，日积月累，满坑满谷全是东西。其中一部分还怪不得我，都是朋友们的宠锡嘉贶，有些还真是近似"白象"，也不管蜗居逼仄到什么地步，一头接着一头的"白象"接踵而来，常常是在拜领之后就进了储藏室或是束之高阁。到了搬家的时候，陈谷子烂芝麻一齐出仓，还是哪一样都舍不得丢。没办法，照搬。我认识一个人，他也是有这个爱惜物资的老毛病，当年他到外国读书，订购牛奶每天一瓶，喝完牛奶之后觉得那瓶子实在可爱，洗干净之后通明透剔，舍不得丢进垃圾桶，就放在屋角，久而久之成了一大堆，地板有压坏之虞，无法处理，最后花一笔钱才请人为之清除。我倒不至于这样地痴，可是毛病也不少。别的不提，单说朋友们的来信，我照例往一只抽屉里一丢，并非庋藏，可是一抽屉一抽屉的塞得结结实实，难道搬家时也带了走？要想审阅一遍去芜存菁，那工程也很浩大，无已，硬着头皮选出少数的存留，剩下的大部分的朵云华笺最好是付之丙丁，然而那要构成空气污染也于心不忍，只好弃之，好在内中并无机密。我还听说有一位先生，每天看完报纸必定折叠整齐，一天一沓，一月一捆，久之堆积到充栋的地步，一日行经其下，报纸堆突然倒坍，老先生压在底下受伤竟至不治。我每次搬家必定割舍许多平素不肯抛弃的东西，可叹的是旧的才去新的又来。

搬一次家要动员好多人力。我小时在北平有过两次搬家的经验。大敞车、排子车、人力车，外加十个八个"窝脖儿的"，忙活十天半个月才暂告段落。所谓"窝脖儿的"，也许有人还没听说过，凡是精致的家具，如全堂的紫檀、大理石心的硬木桌椅，以至于玻璃罩的大座钟和穿衣镜等，都禁不得磕碰，不能用车运送，就是雕花的柜橱之类也不能上车。于是要雇请"窝脖儿的"来任艰巨。顾名思义，他的运输工具主要的就是他的脖颈。他把头低下来，用一块麻包之类的东西垫在他的脖颈上，再加上一块夹板，几百斤重的东西架在他的脖子上，他伸出两手扶着，就健步如飞地上路了。我曾察看他的脖子，与众不同，有一大块青紫的肉坟起如驼峰，是这一行业的标记。后来有所谓搬家公司，这一行就没落了。可是据我的经验，所谓搬家公司虽然扬言服务周到，打个电话就来，可是事到临头，三五个粗壮大汉七手八脚地像拆除大队似的把东西塞满大卡车、小发财，一声吆喝，风驰电掣而去，这时候我便不由得想起从前的"窝脖儿的"那一行业。搬一次家，家具缺胳膊短腿是保不齐的，至若碰瘪几个坑、擦掉几块漆，那是题中应有之义，可以算作是一种折旧。如果搬家也可以用货柜制度该有多好，即使有人要在你忙乱之际顺手牵羊，也将无所施其技。

搬一次家如生一场病，好久好久才能苏息过来，又好久好久才能习惯下来。这一切都没有什么可怨的，只要有个地方可以栖迟也就罢了。我从小到大，居住的地方越搬越小，从前有个三进五进外加几个跨院，如今则以坪计。喜乐先生给我画过一幅"故居图",是极高明的一幅界画,于俯瞰透视之中绘出平昔宴居之趣,悬在壁上不时地撩起我的故国之思,而那旧式的庭院也是值得怀念的。如今我的家越搬越高,搬到了十几层之上,在这一点上倒是名副其实的乔迁。

俗话说:"千金买房,万金买邻。"旨哉言也。孟母三迁,还不是为了邻居不大理想?假使孟母生于今日,卜居一大城市之中,恐怕非一日一迁不可。孟母三迁,首先是因为其舍近墓,后来迁居市旁,其地又为贾人炫卖之所,最后徙居学宫之旁,才决定安居下去。"昔孟母,择邻处",主要是为了孩子,怕孩子受环境影响,似尚不曾考虑环境的安宁、卫生等条件,如今择邻而处,真是万难。我如今的住处,左也是学宫,右也是学宫,几曾见有"设俎豆揖让进退之事"?时常是咙聒之声盈耳,再不就是操场上的扩音喇叭疯狂地叫喊。贾人炫卖更是常事,如果楼下没有修理汽车的小肆之夜以继日地敲敲打打就算是万幸了。我住的地方位于台北盆地之中,四面是山,应该是有"山花如水净,山鸟与云闲"(王荆公诗)的景致,但是不,远山常为雾罩,眼前看到的全是鳞次栉比的鸽子笼。而且千不该万不该我买了一具望远镜,等到天朗气清之日向远山望去,哇!全是累累的坟墓。我想起洛阳北门外有北邙山,"北邙山头少闲土,尽是洛阳人旧墓"(王建诗),城外多少土馒头,城内多少馒头馅,亘古如斯,倒也不是什么值得特别感慨的事。

不过我住的地方是傍着一条交通孔道,早早晚晚车如流水,轰轰隆隆,其中最令人心惊的莫过于丧车。张籍诗:"洛阳北门北邙道,丧车辚辚入秋草。"我所听到的声音不只是辚辚,于辚辚之外还有锣、鼓、喇叭、唢呐,以及不知名的敲打吹腔的乐器,有不成节奏的节奏和不成腔调的腔调。不过有一回我听出了所奏的是《苏武牧羊》。这种乐队车常不止一辆，场面大的可能有十辆八辆，南管北管、洋鼓洋号各显其能。这种大出丧、小出丧，若遇黄道吉日，一天可能有几十档子由我楼下经过。有人来贺新居问我，住在这样的地方听这种声音，是不是不大吉利。我说，这有什么不吉利。想起王荆公一首五古《两山间》，其中有这样几句：

> 我欲抛山去，山仍劝我还。
> 祇应身后冢，亦是眼中山。
> 且复依山住，归鞍未可攀。

圆桌与筷子

团聚吃饭，圆桌为宜，筷子是我们的一大发明

我听人说起一个笑话，一个中国人向外国人夸说中国的伟大，圆餐桌的直径可以大到几乎一丈开外。外国人说："那么你们的筷子有多长呢？""六七尺长。""那样长的筷子，如何能夹起菜来送到自己嘴里呢？""我们最重礼让，是用筷子夹菜给坐在对面的人吃。"

大圆桌我是看见过的，不是加盖上去的圆桌面，是订制的大型圆餐桌，周遭至少可以坐二十四个人，宽宽绰绰的一点也不挤，绝无"菜碗常需头上过，酒壶频向耳边洒"的现象。桌面上有个大转盘（英语名为"懒苏珊"），转盘有自动旋转的装置，主人按钮就会不疾不徐地转。转盘上每菜两大盘，客人不需等待旋转一周即可伸手取食。这样大的圆桌有一个缺点，除了左右邻座之外，彼此相隔甚远，不便攀谈，但是这缺点也许正是优点，不必没话找话，大可埋头猛吃，作食不语状。

我们的传统餐桌本是方的，所谓八仙桌，往日喜庆宴都是用方桌，通常一席六个座位，有时下手添个长凳打横，只有在特殊情形下才加上一个圆桌面。炕上餐桌也是方的。方桌折角打开变成圆桌（英语所谓"信封桌"），好像是比较晚近的事了。

许多人团聚在一起吃饭，尤其是讲究吃的东西要烫嘴热，当然以圆桌为

宜。把食物放在桌中央，由中央到圆周的半径是一样长，各人伸箸取食，有如辐辏于毂。因为圆桌可能嫌大，现在几乎凡是圆桌必有转盘，可恼的是直眉瞪眼的餐厅侍者多半是把菜盘往转盘中央一丢，并不放在转盘的边缘上，然后掉头而去，转盘等于虚设。

西方也不是没有圆桌。亚瑟王的圆桌骑士是赫赫有名的，那圆桌据说当初可以容一百五十名骑士就座，真不懂那样大的圆桌能放在什么地方，也许是里三层外三层围绕着吧？近代外交坛坫之上常有所谓圆桌会议，也许是微带椭圆之形，其用意在于宾主座位不分上下。这都不能和我们中国的圆桌相提并论，我们的圆桌是普遍应用的，家庭聚餐时，祖孙三代团团坐，有说有笑，融融泄泄；友朋宴饮时，敬酒、划拳、打通关都方便。吃火锅，更非圆桌不可。

筷子是我们的一大发明。原始人吃东西用手抓，比不会用手抓的禽兽已经进步很多，而两根筷子则等于是手指的伸展，比猿猴使用树枝拨东西又进一步。筷子运用起来可以灵活无比，能夹、能戳、能撮、能挑、能扒、能掰、能剥，凡是手指能做的动作，筷子都能。没人知道筷子是何时何人发明的。如果《史记》所载不虚，"纣为象箸，而箕子唏"，纣王使用象牙筷子而箕子忍气吞声地叹气，象牙筷子的历史可说是很久远了。箸原是筴，竹子做的筷子；又作梜，木头做的筷子。象牙筷子并没有什么好，怕烫，容易变色。假象牙筷子颜色不对，没有纹理，更容易变色，而且在吃香酥鸭的时候，拉扯用力稍猛就会咔嚓一声断为两截。倒是竹筷子最好，湘妃竹固然好，普通竹也不错，髹油漆固然好，本色尤佳。做祖父母的往往喜欢使用银箸，通常是短短细细的，怕分量过重，这只为了表示其地位之尊崇。金箸我尚未见过，恐怕未必中用。箸之长短不等，湖南的筷子特长，盘子也特大，但是没有长到烤肉的筷子那样。

西方人学习用筷子那副笨相可笑，可是我们幼时开始用筷子的时候，又何尝不是像狗熊耍扁担？稍长，我们使筷子的伎俩都精了——都太精了。相传少林绝技之一是举箸能夹住迎面飞来的弹丸，据说是先从用筷子捕捉苍蝇练成的一种功夫。一般人当然没有这种本领，可是在餐桌之上我们也常有机会看到某些人使用筷子的一些招数。一盘菜上桌，有人挥动筷子如舞长矛，如野火烧天横扫全境，有人胆大心细彻底翻腾如拨草寻蛇，更有人在汤菜碗里拣起一块肉，掂掂之后又放下了，再拣一块再掂掂再放下，最后才选得比较中意的一块，夹起来送进血盆大口之后，还要把筷子横在嘴里吮一下，于是有人在心里嘀咕：这样做岂不是把你的口水都污染了食物，岂不是让大家都于无意中吃了你的口水？

其实口水未必脏。我们自己吃东西都是伴着口水吃下去的，不吃东西的时候也常咽口水的。不过那是自己的口水，不嫌脏。别人的口水也未必脏。我不相信谁在热恋中没有大口大口咽过难分彼此的一些口水。怕的是口水中带有病菌，传染给别人和被人传染给自己都不大好。毛病不是出在筷子，是出在我们的吃的方式上。

六十多年前，我的学校里来了一位教英语的老师，我只记得他姓钟，外号人称"钟善人"，他在学校及附近乡村里狂热地提倡两件事，一是植树，一是进餐时每人用两副筷子，一副用于取食，一副用于夹食入口。植树容易，一年只有一度，两副筷子则窒碍难行。谁有那样的耐心，每餐两副筷子此起彼落地交换使用？如今许多人家，以及若干餐馆，筷子仍是人各一双，但是菜盘汤碗各附一个公用的大匙，这个办法比较简便，解决了互吃口水的问题。东洋御料理老早就使用木质短小的筷子，用毕即丢弃。人家能，为什么我们不能？我愿象牙筷子、乌木筷子以及种种珍奇贵重的筷子都保存起来，将来作为古董赏玩。

厨房
谁说男人可以不入厨房

从前有教养的人家子弟，永远不走进下房或是厨房，下房是仆人起居之地，厨房是庖人治理膳馐之所，湫隘卑污，故不宜厕身其间。厨房多半是在什么小跨院里，或是什么不显眼的角落（旮旯儿），而且常常是邻近溷厕。孟子有"君子远庖厨"之说，也是基于"眼不见为净"的道理。在没有屠宰场的时候，杀牛宰羊均须在厨中举行，否则远庖厨做甚？尽管席上的重珍兼味美不胜收，而那调和鼎鼐的厨房却是龌龊脏乱，见不得人。试想，煎炒烹炸，油烟弥漾而无法宣泄，烟熏火燎，煤渣炭属经常地月累日积，再加上老鼠横行，蚊蝇乱舞，蚂蚁蟑螂之无孔不入，厨房焉得不脏？当然厨房也有干净的，想郇公厨香味错杂，一定不会令人望而却步，不过我们的传统厨房多少年来留下的形象，大家心里有数。

埃及废王法鲁克，当年在位时，曾经游历美国，看到美国的物质文明，光怪陆离，目不暇给，对于美国家庭的厨房之种种设备，尤其欢喜赞叹。临归去时，他便订购了最豪华的厨房设备全套，运回国去。他的眼光是很可佩服的，他选购的确是美国文化精萃的一部分。虽然那一套设备运回去之后，曾否利用，是否适用，因为没有情报追踪，我们不得而知，但是我们知道埃王陛下一顿早点要吃二十个油煎荷包蛋，想来御膳的规模必不在小，美国式家庭厨房的设备是否能胜负荷，就很难说。

美式厨房是以主妇为中心而设计的。所占空间不大，刚好容主持中馈的人站在中间有回旋的余地。炉灶用电，不冒烟，无气味，下面的空箱放置大大小小煮锅和平底煎锅，俯拾即是。抬头有电烤箱或是微波烤箱，烤鸡烤鸭烤盆菜，烘糕烘点烘面包，自动控制，不虞烧焦。左手有沿墙一般长的料理台，上下都是储柜抽屉，用以收藏盘碗餐具，墙上有电插头，供电锅、烤面包器、绞肉机、打蛋器之类使用。台面不怕刀切不怕烫。右边是电冰箱，一个不够可以有两个。转过身来是洗涤槽，洗菜洗锅洗碗，渣渣末末的东西（除了金属之外）全都顺着冷热水往下冲，开动电钮就可以听见呼噜呼噜的响，底下一具绞碎机（disposal）发动了，把一槽的渣滓弃物绞成了碎泥冲进下水道里，下水道因此无阻塞之虞。左手有个洗碗机，冲干净了的碟碗插列其间，装上肥皂粉，关上机门开动电钮，盘碗便自动洗净而且吹干。在厨做饭的人真是有左右逢源进退自如之感。

美式厨房也非尽善尽美。至少寓居美国而坚持不忘唐餐的人就觉得不大方便。唐餐讲究炒菜，这个"炒"字是美国人所不能领略的。炒菜要用锅，尖底的铁锅（英文为wok，大概是粤语译音），西式平底锅只宜烙饼煎蛋，要想吃葱爆牛肉片、榨菜炒肉丝什么的，非尖底锅不办，否则翻翻搅搅那几下子无从施展。而尖底锅放在平平的炉灶上，摇摇晃晃，又非有类似"支锅碗"的东西不可，炒菜有时需要旺油大火，不如此炒出来的东西不嫩。过去有些中国餐馆大师傅，嫌火不够大，不惜舀起大勺猪油往灶口里倒，使得火苗骤旺，电灶火力较差，中国人用电灶容易把电盘烧坏，也就是因为烧得太旺太久之故。火大油旺，则油烟必多。灶上的抽烟机所发作用有限，一顿饭做下来，满屋子是油烟，寝室客厅都不能免。还有外国式的厨房不备蒸笼，所谓双层锅，具体而微，可以蒸一碗蛋羹而已。若想做小笼包，非从国内购运柳木制的蒸笼不可，一层屉不够要两三层，摆在电灶上格格不入。铝制的蒸锅，有干净相，但是不对劲。

人在国外而顿顿唐餐，则其厨房必定走样。我有一位朋友，高尚士也，旅居美国多年，贤伉俪均善烹调，热爱我们的固有文化，蒸、炒、烹、煎，无一不佳。我曾叨扰郫厨，坐在客厅里，但见厨房门楣之上悬一木牌写着两行文字，初以为是什么格言之类，趋前视之，则是一句英文，曰："我们保留把我们自己的厨房弄得乱七八糟的权利。"当然这是给洋人看的。我推门而入，所谓乱七八糟是谦辞，只是东西多些，大小铁锅蒸笼，油钵醋瓶，各式各样的作料器皿，纷然杂陈，随时待用。做中国菜就不能不有做中国菜的架势。现代化的中国厨房应该是怎个样子，尚有待专家设计。

我国自古以来，主中馈的是女人，虽然解牛的庖丁一定是男人。《易·家人》："无攸遂，在中馈，贞吉。"疏曰："妇人之道，巽顺为常，无所必遂，其所职主在于家中馈食供祭而已。"所以新妇三日便要入厨洗手做羹汤，多半是在那黑黝黝又脏又乱的厨房里打转一直到老。我知道一位缠足的妇人，在灶台前面一站就是几个钟头，数十年如一日，到了老年两足几告报废，寸步难移。谁说的男子可以不入厨房？假如他有时间、有体力、有健康的观念，应该没有阻止他进入厨房的理由。有一次我在厨房擀饺子皮，系着围裙，满手的面粉，一头大汗，这时候有客来访，看见我的这副样子大为吃惊，他说："我是从来不进厨房的，那是女人去的地方。"我听了报以微笑。不过他说的话不是没有事实根据，绝大多数的女人是被禁锢在厨房里，而男人不与焉。今天之某些职业妇女常得意忘形地讥主持中馈的人为"在厨房上班"。其实在厨房上班亦非可耻之事，我们的母亲祖母曾祖母有几个不在厨房上班？在妇女运动如火如荼的美国，妇女依然不能完全从厨房里"解放"出来。记得某处妇女游行，有人高举木牌，上面写着"停止烧饭，饿死那些老鼠！"老鼠饿不死的，真饿急了他会乖乖地自己去烧饭。

窗外

是雅是俗，是闹是静，只好随缘

窗子就是一个画框，只是中间加些棂子，从窗子望出去，就可以看见一幅图画。那幅图画是妍是媸，是雅是俗，是闹是静，那就只好随缘。我今寄居海外，栖身于"白屋"楼上一角，临窗设几，作息于是，沉思于是，只有在抬头见窗的时候看到一幅幅的西洋景。现在写出窗外所见，大概是近似北平天桥之大金牙的拉大篇吧？

"白屋"是地地道道的一座刷了白颜色油漆的房屋，既没有白茅覆盖，也没有外露木材，说起来好像是韩诗外传里所谓的"穷巷白屋"，其实只是一座方方正正的见棱见角的美国初期形式的建筑物。我拉开窗帘，首先看见的是一块好大好大的天。天为盖，地为舆，谁没有看见过天？但是，不，以前住在人烟稠密天下第一的都市里，我看见的天仅是小小的一块，像是坐井观天，迎面是楼，左面是楼，右面是楼，后面还是楼，楼上不是水塔，就是天线，再不然就是五色缤纷的晒洗衣裳。井底蛙所见的天只有那么一点点。

"白屋"地势荒僻，眼前没有遮拦，尤其是东边隔街是一个小学操场，绿草如茵，偶然有些孩子在那里蹦蹦跳跳；北边是一大块空地，长满了荒草，前些天还绽出一片星星点点的黄花，这些天都枯黄了，枯草里有几株参天的大树，有枞有枫，都直挺挺地稳稳地矗立着；南边隔街有两家邻居；西边也有一家。有一天午后，小雨方住，蓦然看见天空一道彩虹，是一百八十度完完整整的清清楚楚的一条彩带，所谓虹饮江皋，大概就是这个样子。虹销雨霁的景致，不知看过多少次，却没看过这样规模壮阔的虹。窗外太空旷了，有时候零雨潜潜，竟不见雨脚，不闻雨声，只见有人撑着伞，坡路上的水流成了渠。

路上的汽车往来如梭，而行人绝少。清晨有两个头发斑白的老者绕着操场跑步，跑得气咻咻的，不跑完几个圈不止，其中有一个还有一条大黑狗做伴。黑狗除了运动健身之外，当然不会轻易放过一根电线杆子而不留下一点记号，更不会不选一块芳草鲜美的地方施上一点肥料。天气晴和的时候常有十八九岁的大姑娘穿着斜纹布蓝工裤，光着脚在路边走，白皙的两只脚光光溜溜的，脚底板踩得脏兮兮，路上万一有个图钉或玻璃碴儿之类的东西，不知如何是好。日本的武者小路实笃曾经说起："传有久米仙人者，因逃情，入山苦修成道。一日腾云游经某地，见一浣纱女，足胫甚白，目眩神驰，凡念顿生，飘忽之间已自云头跌下。"（见周梦蝶诗《失题》附记）我不会从窗头跌下，因为我没有目眩神驰。我只是想：裸足走路也算是年轻一代之反传统反文明的表现之一，以后恐怕还许有人要手脚着地爬着走，或索性倒竖蜻蜓用两只手走路，岂不更为彻底更为前进？至于长发大胡子的男子现在已

经到处皆是，甚至我们中国人也有沾染这种习气的（包括一些学生与餐馆侍者），习俗移人，以至于此！

星期四早晨清除垃圾，也算是一景。这地方清除垃圾的工作不由官办，而是民营。各家的垃圾储藏在几个铅铁桶里，上面有盖，到了这一天则自动送到门前待取。垃圾车来，并没有八音琴乐，也没有叱咤吆喝之声，只闻稀里哗啦的铁桶响。车上一共两个人，一律是彪形黑大汉，一个人搬铁桶往车里掼，另一个司机也不闲着，车一停他也下来帮着搬，而且两个人都用跑步，一点儿也不从容。垃圾掼进车里，机关开动，立即压绞成为碎渣，要想从垃圾里拣出什么瓶瓶罐罐的分门别类地放在竹篮里挂在车厢上，殆无可能。每家月纳清洁费二元七角钱，包商叫苦，要求各家把铁桶送到路边，节省一些劳力，否则要加价一元。

公共汽车的一个招呼站就在我的窗外。车里没有车掌，当然也就没有晚娘面孔。所有开门、关门、收钱、掣给转站票，全由司机一人兼理。幸亏坐车的人不多，司机还有闲情逸致和乘客说声早安。二十分钟左右过一班车，当然是亏本生意，但是贴本也要维持。每一班车都是疏疏落落的三五个客人，凄凄清清惨惨。许多乘客是老年人，目视昏花，手脚失灵，耳听聋聩，反应迟缓，公共汽车是他们唯一的交通工具。也有按时上班的年轻人搭乘，大概是怕城里没处停放汽车。有一位工人模样的候车人，经常准时在我窗下出现，从容打开食盒，取出热水瓶，喝一杯咖啡，然后登车而去。

我没有看见过一只过街鼠，更没看见过老鼠肝脑涂地地陈尸街心。狸猫多得很，几乎个个是肥头胖脑的，毛也泽润。猫有猫食，成瓶成罐地在超级市场的货架上摆着。猫刷子，猫衣服，猫项链，猫清洁剂，百货店里都有。我几乎每天看见黑猫白猫在北边荒草地里时而追逐，时而亲昵，时而打滚。

最有趣的是松鼠，弓着身子一窜一窜地到处乱跑，一听到车响，仓促地爬上枞枝。窗下放着一盘鸟食、黍米之类，麻雀群来果腹，红襟鸟则望望然去之，它茹荤，它要吃死的蛞蝓活的蚯蚓。

窗外所见的约略如是。王粲登楼，一则曰："虽信美而非吾土兮，曾何足以少留！"再则曰："昔尼父之在陈兮，有归欤之叹音。钟仪幽而楚奏兮，庄舄显而越吟。人情同于怀土兮，岂穷达而异心！"临楮凄怆，吾怀吾土。

市容

市容里面有生活

在我居住的巷口外大街上，在朝阳的那一面，通常总是麇聚着一堆摊贩，全是贩卖食物的小摊，其中种类甚多，据我所记得的有——豆汁儿、馄饨、烧饼、油条、切糕、炸糕、面茶、杏仁茶、老豆腐、猪头肉、馅饼、烫面饺、豆腐脑、贴饼子、锅盔等。有斜支着四方形的布伞的，有搁着条凳的，有停着推把车的，有放着挑子的，形形色色，杂然并陈。热锅里冒着一阵阵的热气。围着就食的有背书包戴口罩的小学生，有佩戴徽章缩头缩脑的小公务员，有穿短棉袄的工人，有披蓝号码背心的车夫，乱哄哄的一团。我每天早晨从这里经过，心里总充满了一种喜悦。我觉得这里面有生活。

我愿意看人吃东西，尤其这样多的人在这样的露天食堂里挤着吃东西。我们中国人素来就是"民以食为天"。见面打问讯时也是"您吃了么"挂在口边。吃东西是一天中最大的一件事。谁吃饱了，谁便是解决了这一天的基本问题。所以我见了这样一大堆人围着摊贩吃东西，缩着脖子吃点热东西，我就觉得打心里高兴。小贩有气力来摆摊子，有东西可卖，有人来吃，而且吃完了付得起钱，这都是好事。我相信这一群人都能于吃完东西之后好好地活着——至少这一半天。我愿意看一个吃饱了的人的面孔，不管他吃的是什么。当然，这些小吃摊上的东西也许是太少了一些维生素，太多了一些灰尘霉菌，我承认。立在马路边捧着碗，坐在板凳上举着饼，那样子不大雅观，没有餐台上放块白布然后花瓶里插一束花来得体面，这我也承认。但是我们于看完马路边上倒毙的饿殍之后，再看看这生气勃勃的市景，我们便不由得不满意了。

但是，有一天，我又从这里经过，所有的摊贩全没有了。静悄悄的，没有什么人，墙边上还遗留着几堆热炉火的砖头。他们都到哪里去了呢？我好生纳闷。那些小贩到什么地方去做生意了呢？那些就食的顾主们到哪里去解决他们的问题呢？

有人告诉我，为了整顿"市容"，这些摊贩被取缔了。又有人更确切地告诉我，因为听说某某人要驾临这个城市，所以一夜之间，把这些有碍观瞻的东西都驱逐净尽了。市容二字，是我早已遗忘了的，经这一提醒，我才恍然。现在大街上确是整洁多了，"整洁为强身之本"。我想来到这市上巡礼

的那个人，于风驰电掣地在街上兜通圈子之后，一定要盛赞市政大有进步。没见一个人在街边蹲着喝豆汁，大概是全都在家里喝牛奶了。整洁的市街，像是新刮过的脸，看着就舒服。把褴褛破碎的东西都赶走，掖藏起来，至少别在大街上摆着，然后大人先生们才不至于恶心，然后他们才得感觉到与天下之人同乐的那种意味。把摊贩赶走，并不是把他们送到集中营里去的意思，只是从大街两旁赶走，他们本是游牧的性质，此地不准摆，他们还可以寻到另外僻静些的所在。大街上看不见摊贩，就行，"眼不见为净"。

可是没有几天的工夫，那些摊贩又慢慢地一个个溜回来了，马路边上又兴隆起来了。负责整顿市容的老爷们摇摇头，叹口气。

市容乃中外观瞻所系，好家伙，这问题还牵涉着外国人！有些来观光的旅行者，确是古怪，带着照相机到处乱跑，并不遵照旅行指南所规划的路线走。我们有得是可以夸耀的景物，金鳌玉蛛、天坛、三大殿、陵园、兆丰公园，但是他们也许是看腻了，他们采做摄影对象的偏是捡煤核儿的垃圾山、稻草棚子。我们也有得是现代化的装备、美龄号机、流线型的小汽车，但是他们视若无睹，他们感兴趣的是骡车、骆驼队、三轮和洋车。这些尴尬的照相常常在外国的杂志上登出来，有些人心里老大不高兴，认为这是"有辱国体"。本来是，看戏要到前台去看，谁叫你跑到后台去？所谓市容，大概是仅指前台而言。前台总要打扫干净，所以市容不可不整顿一下。后台则一时顾不了。

华莱士到重庆的时候，他到附近的一个乡村小市去游历，我恰好住在那市上。一位朋友住在临街的一间房里，他养着一群鸭子，都是花毛的，好美，白天就在马路上散逛，在水坑里游泳，到晚上收进屋里去。华莱士要来，惊动了地方人士，便有官人出动，"这是谁的一群鸭子？你的？好，收起来，放在马路上不像样子。""我没有地方收，我只有一间屋子。并且，这是乡下，本来可以放鸭子的。""你老好不明白，平常放放鸭子也没有关系，今天不是华莱士要来么，上面有令，也就是今天下午这么一会儿，你等汽车过去之后，再把鸭子放出来好了。"这话说得委婉尽情，我的朋友屈服了，为了市容起见，委屈鸭子在屋里闷了半天。洋人观光，殃及禽兽！

裴斐教授列北平，据他自己说，第一桩事便是跑到太和殿，呆呆地在那里站半个钟头，他说："这就是北平的文化，看了这个之后还有什么可看的呢？"他第二个要去的地方是他从前曾住过六七年的南小街子。他说："我大失所望，亲切的南小街子没有了，变成柏油路了，和我厮熟的那个烧饼铺也没有了，那地方改建了一所洋楼，那和善的伙计哪里去了？"他言下不胜感叹。

像裴斐这样的人太少，他懂得什么才是市容。他爱前台，他也爱后台。

沙发

沙发是很令人舒适的

沙发是洋玩意儿，就字源讲，应该是从阿拉伯兴起来的，原来的意义，是指那种带靠垫与扶手的长椅而言。没见过沙发的人，可以到任何家具店玻璃窗前去看看，里面大概总蹲着几套胖墩墩的矮矮的挺威武的沙发。

沙发是很令人舒适的，坐上去就好像是掉进一堆棉花里，又好像是偎在一个胖子的怀抱里，他把你搂得紧紧的，柔若无骨。你坐上去之后，不由得把身体往后一仰，肚子一挺，两腿一跷，两只胳臂在两旁一搭，如果旁边再配上一个矮矮的小茶几，上面摆着烟、烟灰碟、报章杂志、盖碗茶，我想任何人都不会再想站起来。因此，沙发几乎成了一个中上阶层家庭里所不可少的一种设备。如果少了它，主人和客人就好像没有地方可以安置似的。一套沙发，三大件，怎么摆都成，一字长蛇也可以，像个衙门似的八字开着也可以，孤零零地矗在屋子中央也可以，无往不利。有这么三大件就把一间屋子给撑起来了，主人的身份也予以确定。

但是这种洋玩意儿，究竟与我们的国情有些不甚相合。我们中国人讲究站有站相，坐有坐相，睡有睡相。所谓"立如松，坐如钟，卧如弓"。坐在那里需要像一口钟，上小下大，四平八稳，没个晃、没个倒。这种姿势才显得官样而且正派。这种坐相就与椅子的构造颇有关系。一把紫檀太师椅，满镶螺钿，大理石心，方正高大，无论谁坐上去也只好挺着腰板，正襟危坐，他不能像坐沙发似的那么半靠半醒的一副懒散相。沙发没有不矮的，再加上半靠半睡的姿势，全然不合我们的固有道德。

我们是讲礼貌的民族。向人拱手作揖，或是鞠躬握手，都必须站立着才成。假如你本来半靠半睡在一张沙发上，忽然有人过来要和你握手，你怎么办？赶快站起来便是。但是你站得起来吗？你深深地窝在沙发里，两只胳膊如果没练过双杠，腰杆儿上如果没有一点硬功夫，你休想能一跃而起。必须两手力按扶手，脊椎一挺，脖梗子一使劲，然后才能"哼哧"一声立起身来。如果这样地连续动作几回，谁也受不了。倒不如硬木太师椅，坐着和站着本来就差不多，一伸腿就立起来了。

一个穷亲戚或是一个属员来见你，他坐沙发的姿势特别，他不坐进去，他只跨一个沿。他的全身重量只由沙发里面的靠边上的半个弹簧来支持着，弹簧压得咯吱咯吱地直响，他也不管，他的臀部只有很小的一块和沙发发生接触。你当然不好意思对他说："请你坐进去。"你只能做一个榜样给他看，大模大样地向后一靠。但是更糟，你越大模大样，他越局局缩缩，他越发坐得溜边溜沿。你心里好难过，一方面怕沙发被他坐坏，一方面还怕他跌下去！

但是这种坐沙发的姿势也无可厚非。有时候颇有其必要，我曾见过一群官在一间大客厅里围坐一圈，每人占据一个沙发，静悄悄地在等候一位大官的来临。我细心观察，他们每个人都没有坐稳当，全是用右半边臀部斜压着一点点沙发的边缘，好像随时都可以挺身而起的样子。果然，房门喀啦一声响，大家以为一定是那官儿来了，于是轰地一下子全体肃立，身段好灵活，手脚好麻利，没有一个是四脚朝天地在沙发上挣扎。可惜这回进来的不是那官儿，是茶房托着漆盘送茶。大家各返原防，一次二次地演习，终于在觐见的仪式中没有一个落后的。假如用正规的姿态去坐沙发，我相信一定有人在沙发上扑腾不起来，会急死！

和高于自己的人对坐，须要全身筋肉紧张，然后才显得自己像是一块有用的材料，才能讨人欢喜。如果想全身弛懈地瘫在沙发上，你只好回家当老爷子去。

坐沙发的姿势固然人各不同，但与沙发本身无关，沙发本身原是为给人舒适的。所以最善于使用沙发者莫过于孩子。孩子天真无邪，看见沙发软乎乎的，便在上面跳蹦起来，使那弹簧尽最大的功效，他可以横躺竖躺倒躺，甚至翻个筋斗，挡上两把木椅还可权充一只小床，假如沙发不想传代，是应该这么使用。

我到人家去，十有八九都遇见有沙发可坐。但是很难得能享受沙发的舒适。我最怕的是那种上了年纪的沙发，年久失修，坑洼不平，弹簧的圈儿清清楚楚地在布底下露着，老气横秋地摆在那里，主人一巡儿地请你上座，你只好就座，坐上去就好像上刀山一般，稍一转动，铿然作响。有时候简直坐不住，要溜下来，或是溜在一边。只好退一步想，比坐针毡总好一些。也许是我的运气不佳，时常在冬天遇见皮沙发，冰凉的，在夏天又遇见绒沙发，发汗。有时候沙发上带白布套，又往往稀松，好像是没有系带的袜子似的，随时往下松。我还欣赏过一种不修边幅的沙发，挨着脑壳的那一部分蹭光大亮的，起码有半分厚的油泥，扶手的地方也是光可鉴人，可以磨剃刀。像这种种的沙发，放在屋里，只能留着做一种刑具用，实在谈不上舒适。

戒烟

戒烟的第一步是不买烟，第二步才是不吸烟

戒烟的念头，起过好几次。第一次想戒烟，是在西历一千九百二十三年十一月三十日下午五点多钟，那时候衣袋里只剩两只角子，一块面包要一角三分，实际上我只有七分钱的盈余。要买整盒的香烟，无论什么牌子的，都很为难。当时我便下了一个绝大的决心，在我的寝室里行宣誓礼，拿出烟盒里最后一支香烟，折为两段，誓曰："电灯在上，地板在下，我如再开烟禁，有如此烟！"

当晚口里便觉得油腻腻地难过，翻来覆去地睡不着觉。第二天清早起来，摸摸衣袋，还是那两只角子，不见多也不见少。我便打开衣橱，把我的几套破衣裳烂裤子捣翻出来，每一个口袋里伸手摸一次，探囊取物，居然凑集起来，摸出了两块多钱。可见我平常积蓄有素，此刻便可措置裕如。这两块多钱怎样用呢？除了吃一顿饱饭以外，我还买了一盒三角钱十支的"沙乐美"（"沙乐美"是一种麝香熏过的香烟名）。我便算是把烟禁开了。开禁的理由是："昨晚之戒烟，是因受经济的压迫，不是本愿，当然可以原谅。"于是乎第一次戒烟失败。

一年过去了。屋角堆着的空烟盒子，堆到了三四尺高。一天清早，忽然发愿清理，统计之下，这一堆烟盒代表我已吸的烟约有一百三四十元之谱。

未免心里有点感慨，想起往常用钱，真好像是一块钱一块钱地挂在肋骨上似的，轻易不肯忍痛摘用。如今吸烟就费如许金钱，真对不起将来的子孙。于是又下决心，实行戒烟，每月积下十元，作为储蓄。这戒烟的时期延长到半个多月。有一天，坐火车，车里面除了几位女太太几个小孩子一只小巴儿狗以外，几乎个个人抽烟，由雪茄以至关东，烟气冲天。这时候，我若不吸烟，可有什么旁的办法？凡事有经有权，我于是乎从权，开禁吸烟。我又于是乎一吸而不可复禁，饭后若不吸烟，喉咙里就好像有一只小手乱抓似的。没法子，第二次戒烟又失败了。

男大当娶，女大当嫁，我侥幸已经到了"大"的时期，并且也居然娶了。闺房之内，约法二章，一不吸烟二不饮酒。阃令森严，无从反抗。于是我又决计戒烟。但是怎样对朋友说呢？这是一个问题。

"老梁，你还吸烟否？"

我说："戒烟了。"

"为什么又戒了？"

我说："这两天喉咙痛。"

过几天我到朋友家去，桌上香烟火柴都是现成的，我便顺手吸一支。久之，朋友都看出我在外面吸烟，在家就戒烟，议论纷纷。纸里包不住火，我索性宣布了。我当众声明，我现在已然娶了太太，因为要维持应享的娶后的利益起见，决计戒烟，但是为保持我娶前的既得权起见，决计不立刻完全戒烟。枕上会议，议决：实行戒烟，但分两个步骤，第一步是从不买烟入手，第二步才是不吸烟。我如今已经娶了三年，还在第一期戒烟状态之中。若有人把烟送上门来，我当然却之不恭，受之却也无愧。若叫我自己出钱买烟，则戒烟条例俱在，碍难实行。所以现在我家里，为款待来宾起见，谨备火柴，纸烟则由来宾自备了。我这一次戒烟，第一步总算成功了。但是吸烟的朋友们，鉴于我目前的成功和往昔的失败，都希望我快开烟禁！

教育你的父母

子女也负有教育父母的义务

"养不教，父之过"，现在时代不同了，父母年纪大了，子女也负有教育父母的义务。话说起来好像有一点刺耳，而事实往往确是这样。

"吃到老，学到老"，前半句人人皆优为之，后半句却不易做到。人到七老八十，面如冻梨，痴呆黄者，步履维艰，还教他学什么？只合含饴弄孙（如果他被准许做这样的事），或只坐在公园木椅上晒太阳。这时候做子女的就要因材施教，教他的父母不可自暴自弃，应该"当一天和尚撞一天钟""人生七十才开始"。西谚有云："没有狗老得不能学新把戏。"岂可人不如狗？并且可以很容易地举出许多榜样，例如：

一、摩西老祖母一百岁时还在画。

二、罗素九十四岁时还在奔走世界和平。

三、萧伯纳九十二岁还在编戏。

四、史怀泽八十九岁还在非洲行医。

五、歌德写完他的《浮士德》时是八十三岁。

旁敲侧击，教他见贤思齐，争上游，不可以自甘老朽，饱食终日。游手好闲，耗吃等死，就是没出息。年轻人没出息，犹有指望，指望他有朝一日悛悔自新。上了年纪的人没出息，还有什么指望？二辈子！

孩子已经长大成人，甚至已经生男育女，在父母眼中他还是孩子。所以老莱子彩衣娱亲，仆地作儿啼，算是孝行。那时候他已经行年七十，他的父母该是九十以上的人了。这种孝行如今不可能发生。如今的孩子，翅膀一硬，就要远走高飞，此后男婚女嫁，小两口子自成一个独立的单位，五世同堂乃成为一种幻想，或竟是梦魇。现代子女应该早早提醒父母，老境如何打发，宜早为之计，告诉他们如何储蓄以为养老之资，如何锻炼身体以免百病丛生。最重要的是要他们心里有所准备，需要自求多福。颐养天年，与儿女无涉。俗语说："一个人可以养活十个儿子，十个儿子养不活一个爸爸。"那就是因为儿子本身也要养活儿子，自顾不暇，既要承上，又要启下，忙不过来。十个儿子互相推诿，爸爸就没人管了。

代沟之说，有相当的道理。不过这条沟如何沟通，只好潜移默化，子女对父母未便耳提面命。上一代的人有许多怪习惯，例如，父母对于用钱的方式，就常不为子女所了解。年轻人心里常嘀咕，你要那么多钱干什么？一个钱也带不了棺材里去！一个钱看得像斗大，一串串地穿在肋骨上，就是舍不得摘下来。眼瞧着钱财越积越多，而生活水准不见提高。嘀咕没有用，要事实上逐步提示新的生活模式。看他的一把座椅缺了一只脚，垫着一块砖，勉强凑合，你便不妨给他买一张转椅躺椅之类，看他肯不肯坐。看他的衣服捉襟见肘，污渍斑斑，你便不妨给他买一件松松大大的夹克，看他肯不肯穿。这当然不免要破费几文，然而这是个案研究的教学法，教具是免不了的。终极目的是要父母懂得如何过现代的生活，要让他知道消费未必就是浪费。

勤俭起家的人无不爱惜物资。一颗饭粒都不可剩在碗里，更不可以落在地上。一张纸，一根绳，都不能委弃，以至家家都有一屋子的破铜烂铁。陶侃竹头木屑的故事一直传为美谈，须知陶侃至少有储存那些竹头木屑的地方。如今三房两厅的逼仄的局面，如何容得下那一大堆的东西？所以做子女的在家里要不时地负起清除家里陈年垃圾的责任。要教导父母，莫要心疼，旧的不去，新的不来。

我们一般中国人没有立遗嘱的习惯，尽管死后子女打得头破血出，或是把一张楠木桌锯成两半以便平分，或是缠讼经年丢人现眼，就是不肯早一点安排清楚。其原因在于讳言死。人活着的时候称死为"不讳"或"不可讳"，那意思就是说能讳时则讳，直到翘了辫子才不再讳。逼父母立遗嘱，这当然使不得。劝父母立遗嘱，也很难启齿。究竟如何使父母早立遗嘱，就要相机行事，乘父母心情开朗的时候，婉转进言，善为说辞，以不伤感情为主。等到父母病革，快到易箦的时候才请他口授遗言，似乎是太晚了一些。

教育的方法多端，言教不如身教。父母设非低能，大抵也会知道模仿。在公共场所，如果年轻人都知道不可喧哗，他们的父母大概也会不大声说话。如果年轻人都知道鱼贯排队，他们的父母也会不再攘臂抢先。如果年轻人不牵着狗在人行道上遗屎，他们的父母也许不好意思到处吐痰。种种无言之教，影响很大，父母教育儿女，儿女也教育父母，有些事情是需要解释的，例如，中年发福不是好现象，要防止血压高，要注意胆固醇等。

有些父母在行为上犯有错误，甚至恶性重大不堪造就，为人子者也负有教育的责任。子曰："事父母几谏，见志不从，又敬不违，劳而不怨。"这就是说，父母有错，要委婉劝告，不可不管；他不听，也不可放弃不管，更不可怨恨。当然，更不可以体罚。看父母那副孱弱的样子，不足以当尊拳。

谈话的艺术

人与人相处，本来易生摩擦，谈话时也要保持距离

一个人在谈话中可以采取三种不同的方式，一是独白，一是静听，一是互话。

谈话不是演说，更不是训话，所以一个人不可以霸占所有的时间，不可以长篇大论地絮聒不休，旁若无人。有些人大概是口部筋肉特别发达，一开口便不能自休，绝不容许别人插嘴，话如连珠，音容并茂。他讲一件事能从盘古开天辟地讲起，慢慢地进入本题，亦能枝节横生，终于忘记本题是什么。这样霸道的谈话者，如果他言谈之中确有内容，所谓"吐佳言如锯木屑，霏霏不绝"，亦不难觅取听众。在英国文人中，约翰逊博士是一个著名的例子。在咖啡店里，他一开口，老鼠都不敢叫。那个结结巴巴的高尔斯密一插嘴便触霉头。Sir Oracle在说话，谁敢出声？约翰逊之所以被称为当时文艺界的独裁者，良有以也。学问、风趣不及约翰逊者，必定是比较地语言无味，如果喋喋不已，如何令人耐得。

有人也许是以为嘴只管吃饭而不做别用，对人乃钳口结舌，一言不发。这样的人也是谈话中所不可或缺的，因为谈话，和演戏一样，是需要听众的，这样的人正是理想的听众。欧洲中古时代的一个严肃的教派

Carthusianmonks以不说话为苦修精进的法门之一，整年地不说一句话，实在不易。那究竟是方外人，另当别论，我们平常人中却也有人真能寡言。他效法金人之三缄其口，他的背上应有铭曰："今之慎言人也。"你对他讲话，他洗耳恭听，你问他一句话，他能用最经济的词句把你打发掉。如果你恰好也是"毋多言，多言多败"的信仰者，相对不交一言，那便只好共听壁上挂钟之滴答滴答了。钟会之与嵇康，则由打铁的叮当声来破除两人间之岑寂。这样的人现代也有，相对无言，莫逆于心，吧嗒吧嗒地抽完一包香烟，兴尽而散。无论如何，老于世故的人总是劝人多听少说，以耳代口，凡是不大开口的人总是令人莫测高深；口边若无遮拦，则容易令人一眼望到底。

谈话，和作文一样，有主题，有腹稿，有层次，有头尾，不可语无伦次。写文章肯用心的人就不太多，谈话而知道剪裁的就更少了。写文章讲究开门见山，起笔最要紧，要来得挺拔而突兀，或是非常爽朗，总之要引人入胜，不同凡响。谈话亦然。开口便谈天气好坏，当然亦不失为一种寒暄之道，究竟缺乏风趣。常见有客来访，宾主落座，客人徐徐开言："您没有出门啊？"主人除了重申"我没有出门"这一事实之外没有法子再作其他的答话。谈公事、讲生意，只求其明白清楚，没有什么可说的。一般的谈话往往是属于"无题""偶成"之类，没有固定的题材，信手拈来，自有情致。情人们喁喁私语，总是有说不完的话题，谈到无可再谈，则"此时无声胜有声"了。老朋友们剪烛西窗，班荆道故，上下古今无不可谈，其间并无定则，只要对方不打哈欠。禅师们在谈吐间好逗机锋，不落迹象，那又是一种境界，不是我们凡夫俗子所能企望得到的。善谈和健谈不同，健谈者能使四座生春，但多少有点霸道，善谈者尽管舌灿莲花，但总还要给别人留些说话的机会。

话的内容总不能不牵涉到人，而所谓人，则不是别人便是自己。谈论别人则东家长西家短全成了上好的资料，专门隐恶扬善则内容枯燥听来乏味，揭人隐私则又有伤口德，这其间颇费斟酌。英文gossip一词原意是"教父母"，尤指教母，引申而为任何中年以上之妇女，再引申而为闲谈，再引申而为飞短流长，而为长舌妇，可见这种毛病由来有自，"造谣学校"之缘起亦在于是，而且是中外皆然。不过现在时代进步，这种现象已与年纪无关。谈话而专谈自己当然不会伤人，并且缺德之事经自己宣扬之后往往变成为值得夸耀之事。不过这又显得"我执"太深，而且最关心自己的事的人，往往只是自己。英文的"我"字，是大写字母的"I"，有人已嫌其夸张，如果谈起话来每句话都用"我"字开头，不更显得自我本位了么？

在技巧上，谈话也有些个禁忌。"话到口边留半句"，只是劝人慎言，却有人认真施行，真个地只说半句，其余半句要由你去揣摩，好像文法习题中的造句，半句话要由你去填充。有时候是光说前半句，要你猜后半句；有时候是光说后半句，要你想前半句。一段谈话中若是破碎的句子太多，在听的方面不加整理是难以理解的。费时费事，莫此为甚。我看在谈话时最好还是注意文法，多用完整的句子为宜。另一极端是，唯恐听者印象不深，每一句话重复一遍，这办法对于听者的忍耐力实在要求过奢。谈话的腔调与嗓音因人而异，有的如破锣，有的如公鸡，有的行腔使气有板有眼，有的回肠荡气如怨如诉，有的于每一句尾加上一串咯咯的笑，有的于说完一段话之后像鲸鱼般喷一口大气，这一切都无关宏旨，要紧的是说话的声音之大小需要一点控制。一开口便血脉贲张，声震屋瓦，不久便要力竭声嘶，气急败坏，似可不必。另有一些人的谈话别有公式，把每句中的名词与动词一律用低音，甚至变成耳语，令听者颇为吃力。有些人唾腺特别发达，三言两句之后嘴角上便积有两摊如奶油状的泡沫，于发出重唇音的时候便不免星沫四溅，真像是痰唾珠玑。人与人相处，本来易生摩擦，谈话时也要保持距离，以策安全。

骂人的艺术

骂人是一种高深的学问

古今中外没有一个不骂人的人。骂人就是有道德观念的意思，因为在骂人的时候，至少在骂人者自己总觉得那人有该骂的地方。何者该骂，何者不该骂，这个抉择的标准，是极道德的。所以根本不骂人，大可不必。骂人是一种发泄感情的方法，尤其是那一种怨怒的感情。想骂人的时候而不骂，时常在身体上弄出毛病，所以想骂人时，骂骂何妨。

但是，骂人是一种高深的学问，不是人人都可以随便试的。有因为骂人挨嘴巴的，有因为骂人吃官司的，有因为骂人反被人骂的，这都是不会骂人的缘故。今以研究所得，公诸同好，或可为骂人时之一助乎？

知己知彼

骂人是和动手打架一样的，你如其敢打人一拳，你先要自己忖度下，你吃得起别人的一拳否。这叫作知己知彼。骂人也是一样。譬如你骂他是"屈死"，你先要反省，自己和"屈死"有无分别。你骂别人荒唐，你自己想想曾否吃喝嫖赌。否则别人回敬你一二句，你就受不了。所以别人有着某种短处，而足下也正有同病，那么你在骂他的时候只得割爱。

无骂不如己者

要骂人须要挑比你大一点的人物，比你漂亮一点的或者比你坏得万倍而比你得势的人物。总之，你要骂人，那人无论在好的一方面或坏的一方面都要能胜过你，你才不吃亏的。你骂大人物，就怕他不理你，他一回骂，你就算骂着了。在坏的一方面胜过你的，你骂他就如教训一般，他即便回骂，一般人仍不会理会他的。假如你骂一个无关痛痒的人，你越骂他他越得意，时常可以把一个无名小卒骂出名了，你看冤与不冤？

适可而止

骂大人物骂到他回骂的时候，便不可再骂，再骂则一般人对你必无同情，以为你是无理取闹；骂小人物骂到他不能回骂的时候，便不可再骂，再骂下去则一般人对你也必无同情，以为你是欺负弱者。

旁敲侧击

他偷东西，你骂他是贼；他抢东西，你骂他是盗，这是笨伯。骂人必须先明虚实掩映之法，须要烘托旁衬，旁敲侧击，于要紧处只一语便得，所谓杀人于咽喉处着刀。越要骂他你越要原谅他，即便说些恭维话亦不为过，这样的骂法才能显得你所骂的句句是真实确凿，让旁人看起来也可见得你的度量。

态度镇静

骂人最忌浮躁。一语不合，面红筋跳，暴躁如雷，此灌夫骂座，泼妇骂街之术，不足以骂人。善骂者必须态度镇静，行若无事。普通一般骂人，谁的声音高便算谁占理，谁来得势猛便算谁骂赢，唯真善骂人者，乃能避其锐而击其懈。你等他骂得疲倦的时候，你只消轻轻地回敬他一句，让他再狂吼一阵。在他暴躁不堪的时候，你不妨对他冷笑几声，包管你不费力气，把他气得死去活来，骂得他针针见血。

出言典雅

骂人要骂得微妙含蓄，你骂他一句要使他不甚觉得是骂，等到想过一遍才慢慢觉悟这句话不是好话，让他笑着的面孔由白而红，由红而紫，由紫而灰，这才是骂人的上乘。欲达到此种目的，深刻之用词故不可少，而典雅之言词尤为重要。言词典雅则可使听者不至刺耳。如要骂人骂得典雅，则首先要在骂时万万别提起女人身上的某一部分，万万不要涉及生理学范围。骂人一骂到生理学范围以内，底下再有什么话都不好说了。譬如你骂某甲，千万别提起他的令堂令妹。因为那样一来，便无是非可言，并且你自己也不免有令堂令妹，他若回敬起来，岂非势均力敌，半斤八两？再者骂人的时候，最好不要加以种种难堪的名词，称呼起来总要客气，即使他是极卑鄙的小人，你也不妨称他先生，越客气，越骂得有力量。骂的时节最好引用他自己的词句，这不但可以使他难堪，还可以减轻他对你骂的力量。俗话少用，因为俗话一览无遗，不若典雅古文曲折含蓄。

以退为进

两人对骂，而自己亦有理屈之处，则处于开骂伊始，特宜注意，最好是毅然将自己理屈之处完全承认下来，即使道歉认错均不妨事。先把自己理屈之处轻轻遮掩过去，然后你再重整旗鼓，招招逼人，方可无后顾之忧。即使自己没有理屈的地方，也绝不可自行夸张，务必要谦逊不遑，把自己的位置降到一个不可再降的位置，然后骂起人来，自有一种公正光明的态度。否则你骂他一两句，他便以你个人的事反唇相讥，一场对骂，会变成两人私下口角，是非曲直，无从判断。所以骂人者自己要低声下气，此所谓以退为进。

预设埋伏

你把这句话骂过去，你便要想想看，他将用什么话骂回来。有眼光的骂人者，便处处留神，或是先将他要骂你的话替他说出来，或是预先安设埋伏，令他骂回来的话失去效力。他骂你的话，你替他说出来，这便等于缴了他的械一般。预设埋伏，便是在要攻击你的地方，你先轻轻地安下话根，然后他骂过来就等于枪弹打在沙包上，不能中伤。

小题大做

如对方有该骂之处，而题目身小，不值一骂，或你所知不多，不足一骂，那时节你便可用小题大做的方法，来扩大题目。先用诚恳而怀疑的态度引申对方的意思，由不紧要之点引到大题目上去，处处用严谨的逻辑逼他说出无逻辑的话来，或是逼他说出合于逻辑但不合乎理的话来，然后你再大举骂他，骂到体无完肤为止，而原来惹动你的小题目，轻轻一提便了。

远交近攻

一个时候，只能骂一个人，或一种人，或一派人。绝不宜多树敌。所以骂人的时候，万勿连累旁人，即使必须牵涉多人，你也要表示好意，否则回骂之声纷至沓来，使你无从应付。

　　骂人的艺术，一时所能想起来的有上面十条，信手拈来，并无条理。我做此文的用意，是助人骂人。同时也是想把骂人的技术揭破一点，供爱骂人者参考。挨骂的人看看，骂人的心理原来是这样的，也算是揭破一张黑幕给你瞧瞧！

图书在版编目（CIP）数据

生活本来简单 / 梁实秋著 . -- 北京：北京时代华文书局，2018.3
ISBN 978-7-5699-2036-9

Ⅰ．①生… Ⅱ．①梁… Ⅲ．①散文集－中国－现代 Ⅳ．① I266

中国版本图书馆CIP数据核字（2017）第 314872 号

生 活 本 来 简 单
SHENGHUO BENLAI JIANDAN

著　　者｜梁实秋
出 版 人｜王训海
选题策划｜陈丽杰
责任编辑｜陈丽杰　汪亚云
封面设计｜尚燕平
版式设计｜王艾迪
封面摄影｜夏　厦
内文图片｜圃　生　夏　厦
责任印制｜刘　银　范玉洁
团购电话｜010-64269013

出版发行｜北京时代华文书局 http://www.bjsdsj.com.cn
　　　　　北京市东城区安定门外大街 138 号皇城国际大厦 A 座 8 楼
　　　　　邮编：100011　电话：010-64267955　64267677
印　　刷｜北京京都六环印刷厂　010-89591957
　　　　　（如发现印装质量问题，请与印刷厂联系调换）
开　　本｜787mm×1092mm　1/16　印　张｜15　字　数｜180千字
版　　次｜2018 年 3 月第 1 版　印　次｜2018 年 3 月第 1 次印刷
书　　号｜ISBN 978-7-5699-2036-9
定　　价｜42.00 元

版权所有，侵权必究

生活 | 本来简单

上架建议：畅销·文学

ISBN 978-7-5699-2036-9

定价：42.00元